Alfred Bekker
Überfall auf das Drachenschiff

© privat

Alfred Bekker, 1964 im Münsterland geboren, schreibt seit seinem 14. Lebensjahr Romane, Erzählungen und Kurzgeschichten sowohl unter seinem bürgerlichen Namen als auch unter mehreren Pseudonymen. Der ehemalige Grundschullehrer lebt mit seiner Familie im Münsterland. Mehr über den Autor unter www.AlfredBekker.de

© privat

Volker Fredrich, geboren 1966 in Mühldorf am Inn, studierte an der Fachhochschule Hamburg Illustration. Seit 1996 arbeitet er als freier Illustrator für zahlreiche Kinder- und Schulbuchverlage. Für dtv junior stattete er auch die historischen Mitratekrimis ›Der Sohn des Gladiators‹ (dtv junior 71224), ›Der Pfefferdieb‹ (dtv junior 71178) und ›Der verschwundene Papyrus‹ (dtv junior 71262) aus.

Alfred Bekker

Überfall auf das Drachenschiff

Ein Mitratekrimi aus der Wikingerzeit

Mit Zeichnungen von Volker Fredrich

Deutscher Taschenbuch Verlag

Bei dtv junior sind außerdem folgende
historische Mitratekrimis lieferbar:

Christa Holtei: Der Pfefferdieb. Ein Mitratekrimi
aus dem Mittelalter, dtv junior 71178
Christa Holtei: Der verschwundene Papyrus. Ein Mitratekrimi
aus dem Alten Ägypten, dtv junior 71262
Christa Holtei: Skandal in Olympia. Ein Mitratekrimi
aus dem Alten Griechenland (erscheint Juni 08), dtv junior 71301
Franjo Terhart: Das Geheimnis der Amphore. Ein Mitratekrimi
aus dem Alten Rom, dtv junior 70982
Franjo Terhart: Der Sohn des Gladiators. Ein Mitratekrimi
aus dem Alten Rom, dtv junior 71224

Originalausgabe
In neuer Rechtschreibung
April 2008

Die Veröffentlichung dieses Werkes erfolgt auf Vermittlung
der Autoren- und Verlagsagentur Peter Molden

www.dtvjunior.de
Umschlagkonzept: Balk & Brumshagen
Umschlagbild: Volker Fredrich
Lektorat: Maria Rutenfranz
Gesetzt aus der Berling 11/14
Gesamtherstellung: Druckerei C. H. Beck, Nördlingen
Gedruckt auf säurefreiem, chlorfrei gebleichtem Papier
Printed in Germany · ISBN 978-3-423-71292-7

Personen der Handlung

GUNNAR LARSSON (12): *Sohn des Pelzhändlers Lars der Listige aus Holmgard*

SOLVEIG WULFHIRSTOCHTER (11): *Tochter des Schiffbauers Wulfhir Erikson*

SVEN WULFHIRSON (12): *Sohn des Schiffbauers Wulfhir Erikson*

WULFHIR ERIKSON: *Schiffbauer, Jarl von Haithabu und Vater von Solveig und Sven*

ASTRID OLAFSTOCHER: *Wulfhirs Frau*

AKE INGVARSON (14): *Lehrling in Wulfhir Eriksons Werkstatt*

HROLF HAAKANSON: *Steuermann und Gefolgsmann Wulfhirs*

TRYGVAR SNÖRRISSON: *Skalde und Wanderlehrer*

THUFIR: *Kapitän der* DRACHENWIND

BJARNI BJARNISON: *reicher Handelsmann aus Haithabu*

ROTHGAR: *Sohn eines der Knechte in Bjarnis Haus*

HALMI: *ein Fremder mit Amulett*

THORBERG: *Betreiber einer Schnitzwerkstatt*

WILFRED: *Sklave in Thorbergs Diensten*

Ort und Zeit der Handlung: Haithabu (bei Schleswig); etwa 1000 n. Chr.

In Seenot

Die Wolken hatten sich zu dunkelgrauen Gebirgen aufgetürmt. Ein eisiger Wind peitschte das Meer auf. Die DRACHENWIND segelte hart am Wind und pflügte durch die immer höher werdenden Wellen. Die Ruder waren längst eingezogen, damit sie nicht brachen. Immer wieder spritzte Gischt über die Reling in das Drachenschiff.

Vorn im Bug, direkt unter dem hölzernen Drachenkopf, kauerte ein zwölfjähriger Junge. Wie alle anderen an Bord war er vollkommen durchnässt. Das blonde Haar klebte ihm im Gesicht. So gut es ging, hielt er sich fest. Die Planken des Schiffes waren durch das Wasser rutschig geworden und es war kaum noch möglich, sich auf den Beinen zu halten.

Umso mehr bewunderte er Arne Arnesson, den Steuermann. Mit eisernem Willen hielt der den Ruderbalken des Steuers, das hinten rechts am Schiff angebracht war. Die meisten anderen Männer kauerten wie Gunnar am Boden, denn jeder von ihnen wusste: Wer über Bord ging, war verloren!

Thufir, der Kapitän, befahl einem zweiten Mann, sich zum Heck zu begeben, um dem Steuermann zu helfen. Es war abzusehen, dass der es allein nicht mehr lang schaffen würde, das Drachenschiff auf Kurs zu halten.

Thufir selbst stand breitbeinig in der Nähe des Mastes und blickte hinauf. Die kleine Fahne an der Mastspitze, die eigentlich die Windrichtung anzeigte, war vom immer heftiger werdenden Wind längst zerschlissen. Nur noch ein Fetzen war übrig.

Glücklicherweise hatte Thufir gleich, als der Sturm heraufzog, den Befehl gegeben, das Segel zu reffen. Die Fläche, gegen die der Wind drücken konnte, war dadurch kleiner geworden.

Zu allem Überfluss setzte jetzt auch noch ein Gewitter mit heftigem Regen ein. Es blitzte und donnerte. Ein Geräusch, das die sonst so furchtlosen Wikinger zusammenzucken ließ.

»Die Götter mögen wissen, ob wir je nach Haithabu gelangen!«, brummte ein älterer Mann mit grauen, verfilzten Haaren neben Gunnar. »Der Donnergott Thor schwingt seinen Hammer und wir sind genau unter ihm, Junge!« Er blickte starr auf die tobende See. Gerade noch in Sichtweite war ein zweites Drachenschiff, die GÖTTERWIND, durch die Regenwand auszumachen.

Beide Schiffe waren vor ein paar Tagen gemeinsam aus Holmgard aufgebrochen, das auch unter dem Namen Nowgorod bekannt war. Gunnars Vater Lars war dort ein angesehener Mann, der durch den Pelzhandel reich geworden war. Er war ein »Rus«, so nannte man die

Wikinger, die in dem fernen Land im Osten siedelten. Der Name bedeutete »Ruderer«. Das Land, in dem sie herrschten und Handel trieben, wurde deswegen auch häufig Russland genannt. Von Holmgard aus waren die Wikinger über die großen Flüsse im Landesinneren bis zum Schwarzen Meer und darüber hinaus gelangt. Die Pelze aus Holmgard gelangten bis nach Konstantinopel und Bagdad. Aber auch nach Westen wurden sie verschifft. In Haithabu, dem größten Wikingerhafen überhaupt, gelangten sie auf den Markt. Händler aus aller Herren Länder kamen hierher, um sie zu kaufen.

Die DRACHENWIND und die GÖTTERWIND waren beide bis unters Deck mit wertvollen Pelzen beladen, die in den dichten Wäldern nördlich von Holmgard erjagt worden waren und nun im Westen verkauft werden sollten. Aber ob die wertvolle Ladung jemals den Markt von Haithabu erreichen würde, war mehr als fraglich. Die beiden Segler wären nicht die ersten Drachenschiffe gewesen, die mitsamt ihrer Fracht auf dem Grund der Ostsee ihre letzte Ruhe fanden.

Für Gunnar war es seine erste längere Schiffsreise. Dass die Fahrt von Holmgard nach Haithabu nicht ungefährlich war, hatte er natürlich gewusst. Abgesehen von Wind und Wetter drohten auf der weiten Strecke auch noch andere Gefahren. So kreuzten immer wieder Piraten die bekannten Seewege. Wikingerkapitäne, die es lohnender fanden, anderen die Waren wegzunehmen, anstatt selbst Handel zu treiben.

Eine riesige Welle schwappte von vorn in das Schiff.

Das eiskalte Salzwasser drang bis auf die Haut. Im ersten Moment konnte Gunnar kaum mehr atmen. Er spürte, wie sich das Schiff unter ihm hob, und musste mit ansehen, wie einer der Männer den Halt verlor und auf dem Rücken über die Planken rutschte. Als sich die DRACHENWIND wieder senkte, landete er neben Gunnar im Bug des Schiffes. Erst jetzt erkannte Gunnar, dass es Hrolf Haakanson, der Lademeister, war. Er arbeitete wie die gesamte Mannschaft für Wulfhir Erikson aus Haithabu – den Mann, dem die DRACHENWIND gehörte und in dessen Auftrag sie nach Holmgard gefahren war.

Der kräftige, bärtige Mann schüttelte sich wie ein nasser Hund und sah Gunnar dann mit stechendem Blick an. »Bei Thors abgewetztem Hammer! Du hättest dir auch nicht träumen lassen, dass deine erste Fahrt über das Meer so wild wird, was?«

Er musste brüllen, damit Gunnar ihn verstand.

Gunnars Vater hatte Hrolf Haakanson gebeten, während der Überfahrt auf seinen Sohn aufzupassen und dafür zu sorgen, dass er sicher bei Wulfhir Erikson ankam. Wulfhir war einer der reichsten Männer in Haithabu und gehörte zu den besten Schiffbauern weit und breit. Bei ihm sollte Gunnar in die Lehre gehen, um die Kunst des Schiffbaus zu lernen.

»Was haben wir Thor nur getan, dass er uns so straft?«, stöhnte der Alte neben Gunnar. Er sah den Jungen an. »Ich bin schon bis Grönland gesegelt – aber so einen Sturm habe ich noch nicht erlebt!«

Gunnar zitterte vor Kälte.

Das Geräusch von berstendem Holz ließ ihn zusammenzucken. Der Mast brach und eine Welle spülte so viel Wasser ins Innere des Schiffes, dass es mit starker Schlagseite ziellos in den Wellen dahintrieb.

Als der Bug mit dem Drachenkopf in die nächste Welle hineintauchte, wurde Gunnar vollkommen überspült. Er konnte sich nicht mehr halten, wurde fortgerissen und spürte nur noch, wie er jeglichen Halt verlor. Das Wasser trug ihn erst empor und drückte ihn dann nieder. Er tauchte in die eiskalte Tiefe. Wieder an der Oberfläche rang er nach Atem. Er versuchte zu schwimmen und sah sich nach der DRACHENWIND um. Rufe drangen an sein Ohr. Als eine Welle ihn hoch emportrug, konnte er das Drachenschiff sehen. Er erkannte die Steuerbordseite, die ein Stück aus dem Wasser ragte. Das Steuer stach in die Luft. Ein Fetzen des Segels trieb an der Oberfläche, Kisten und Fässer schwammen verloren auf dem Wasser. Wenige Augenblicke später war die DRACHENWIND in den Tiefen der stürmischen See verschwunden.

Gunnar wurde erneut in ein Wellental gerissen. Wieder tauchte er unter, ruderte mit den Armen und versuchte an die Oberfläche zu kommen. Verzweifelt suchte er nach Resten des Schiffes, seiner Ladung und seiner Besatzung. Aber nur die GÖTTERWIND war für einen kurzen Moment zu sehen, ehe auch sie erneut hinter den Wellenbergen versank. Gunnar schrie, so laut er konnte. Aber es war mehr als unwahrscheinlich, dass man ihn auf der GÖTTERWIND hörte.

Da! Hatte das zweite Drachenschiff nicht zu wenden versucht? Oder hatte der Steuermann lediglich die Kontrolle über das Schiff verloren und die Spitze in höchster Not in den Wind gelenkt?

Gunnar hatte in Holmgard an den Ufern eines nahen Flusses schwimmen gelernt. Wie oft hatte er über die unfreiwilligen Übungsstunden geflucht. Schließlich wollte er *über* und nicht *durch* das Wasser reisen. Aber sein Vater hatte nicht lockergelassen. Gunnar schossen seine Worte durch den Kopf: »Nur wenige Seeleute können schwimmen – aber du sollst einer von ihnen sein, mein Sohn! Denn eins darfst du nie vergessen: Der Wind und das Meer gehorchen den Göttern und sind stärker als alles, was wir mit unserer Hände Arbeit jemals zustande bringen werden!«

Jetzt, als er in der Ostsee um sein Leben rang, war er dem Vater mehr als dankbar für dessen Hartnäckigkeit.

Die Zeit schien sich zu dehnen. Jeder Augenblick fühlte sich wie eine kleine Ewigkeit an.

Nur ruhig bleiben!, versuchte er sich selbst einzureden. So wenig Bewegungen wie möglich machen und doch über Wasser bleiben – so hatte ihm sein Vater immer wieder zugeredet. Er versuchte den Rat zu befolgen und so viel Kraft wie möglich zu sparen. Das war alles, was ihm im Moment übrig blieb. Immer wieder trugen ihn die Wellen hoch empor, nur um ihn Augenblicke später in ein tiefes Wellental stürzen zu lassen.

Da schwappte über den Kamm eines Wellenberges ein Fass. Gunnar erkannte, dass es eines der Wasserfässer war, die sich an Deck der DRACHENWIND befunden hatten. Da sich Salzwasser nicht trinken ließ, musste auf jeder Seereise Süßwasser in Fässern mitgenommen werden. Wenn eine Fahrt länger als ein paar Tage dauerte, nahm man dazu ausschließlich Met, wie die Wikinger ihr Bier nannten. Der Alkohol verhinderte, dass der Getränkevorrat verdarb und sich Algen bildeten. Aber Wulfhir Erikson bestand darauf, dass auf seinen Schiffen, bei Überfahrten von nur wenigen Tagen ausschließlich Wasser an Bord mitgenommen wurde, damit die Mannschaft sich nicht betrank.

Gunnar nahm seine letzten Kräfte zusammen. Wenn er das auf dem Wasser tanzende Fass erreichte, war das seine Rettung. Zumindest vorerst. Er könnte sich daran festhalten und darauf hoffen, irgendwann an Land getrieben zu werden. Aber das Fass verschwand immer wieder in den Wogen und er fürchtete schon, es nicht mehr zu erreichen, als ihn eine Welle so hoch emportrug, dass er seinem Ziel zum Greifen nahe kam.

Da bemerkte er, dass sich bereits jemand an dieses Fass klammerte. Eine Stimme drang durch das Tosen des Meeres zu ihm herüber. Sie rief seinen Namen. »Gunnar! Hierher!«

Hrolf Haakanson! Der Ruf des Lademeisters spornte ihn an, die letzten Kraftreserven zu mobilisieren. Seine Arme spürte er schon gar nicht mehr. Seine Zähne schlugen vor Kälte aufeinander.

Endlich erreichte er das Fass.

»Festhalten!«, brüllte Hrolf Haakanson. Er löste seinen

Gürtel, schlang das Ende um Gunnars rechtes Handgelenk und zog eine Schlaufe. »Sonst gehst du mir noch verloren!« Hrolf versuchte zu lächeln, obwohl auch seine Lippen blau gefroren waren. »Ich habe deinem Vater schließlich das Versprechen gegeben, dich wohlbehalten bei Wulfhir Erikson abzuliefern, damit du deine Lehre beginnen kannst!«

Weiter kam er nicht, denn eine Welle überspülte sie beide. Als Gunnar wieder emportauchte, sah er plötzlich den Mast und das Segel der GÖTTERWIND mit den zwei gekreuzten Hämmern auftauchen.

Hämmer! Thor sei Dank! Sie waren gerettet!

Das Drachenschiff kam auf sie zu. Der Steuermann wendete in den Wind und verlangsamte so die Fahrt. Ein Seil wurde geworfen. Hrolf Haakanson fing es auf. Er schlang es Gunnar um die Brust.

Gunnar hörte die Rufe der Männer an Bord, die sich mit aller Kraft darum bemühten, die beiden Schiffbrüchigen zu sich heranzuziehen. Eine kleine Ewigkeit verging, ehe er und Hrolf an Bord gehievt wurden.

Eine Weile lagen sie neben einem festgezurrten Stapel mit Fellen und anderer Ware. Gunnar schloss die Augen und rang nach Atem. Hrolf erging es nicht anders.

»Sieht so aus, als könnte ich das Versprechen gegenüber deinem Vater doch noch einlösen!«, meinte er.

Gunnar war nicht in der Lage, eine Antwort zu geben. Er nickte nur. Das Unwetter tobte noch immer, ließ aber an Stärke langsam nach. Gunnar fühlte, wie sich das

Schiff unter ihm durch die Wellen hob und wieder in die Tiefe sank. Eine Welle brach über ihm zusammen und er krallte sich an der Reling fest. Hrolf Hakanson erging es nicht besser. Er schüttelte sich.

Ein Mann, dessen rechtes Auge von einer Filzklappe bedeckt wurde, warf ihnen zwei kleine Holzkübel zu. »Ihr könnt von Glück sagen, dass wir euch gefunden haben!«, rief er. »Jetzt schöpft um euer Leben!« Die GÖTTERWIND wendete erneut. Sie bekam jetzt die Wellen von vorn und nicht mehr von der Seite, wodurch weniger Wasser ins Innere spritzte. »Von der DRACHENWIND hat sonst wohl niemand überlebt! Ihr seid die Einzigen!«

Hrolf deutete zum Segel. »Vielleicht hat der Schutz, unter dem ihr segelt, auch uns Glück gebracht.«

Der Einäugige strich sich das nasse Haar aus dem Gesicht und grinste.

»Ganz bestimmt sogar!«, lachte er. Er sah Gunnar an und zwinkerte ihm aufmunternd zu. »Eins verspreche ich dir: Dieses Schiff wird nicht kentern!«

Gunnar hatte inzwischen seine Sprache wiedergefunden.

»Wie kannst du da so sicher sein?«, fragte er.

Der Einäugige lachte rau. »Weil Thor niemanden rettet, um ihn dann doch noch ins Verderben zu stürzen!«

»Dann sind wir eure Glücksbringer!«, rief Gunnar.

»Genau!«, nickte der Einäugige.

Nachdem er zum Heck des Schiffes zurückgekehrt war, wo er offenbar seinen Platz hatte, wandte sich Gunnar an Hrolf. »Was hat es mit dem Zeichen auf dem

Segel zu tun, dass die GÖTTERWIND nicht untergegangen ist?«

Hrolf schüttelte sich das Salzwasser aus den Haaren und lächelte. »Weil es unter dem Zeichen Thors segelt – offenbar hat das den Donnergott besänftigt. Hör nur, es hat keinen weiteren Donner und auch keinerlei Blitze mehr gegeben!«

Gunnar lauschte in den schwächer werdenden Sturm. Hrolf hatte recht!

»Aber warum die gekreuzten Hämmer? Thor besitzt doch nur *einen* Hammer!«

»Das stimmt. Aber dieses Schiff gehört Bjarni Bjarnison und das ist sein Symbol.«

»Wer ist Bjarni?«

»Ein reicher Wikinger aus Haithabu.«

»Ist er so reich und berühmt wie Wulfhir Erikson?«, fragte Gunnar.

»Fast. Jedenfalls besitzt er eine Reihe von Schiffen. Und er hat sich Thor als seinen Schutzgott auserwählt. Sowohl für sich persönlich als auch für seine gesamte Familie und alle Männer, die für ihn zur See fahren.« Hrolf beugte sich zu Gunnar herüber und flüsterte ihm ins Ohr: »Aber er hat Angsthasen an Bord. Sieh dir den Kerl mit der Narbe im Gesicht an – uns schräg gegenüber!«

Gunnar zuckte mit den Schultern. »Woher willst du wissen, dass er ein Angsthase ist?«

»Weil er sich doppelt abgesichert hat. Ihm reichten die beiden Hämmer auf dem Segel noch nicht …«

Jetzt fiel auch Gunnar das Amulett auf, das der Mann an einer Kette um den Hals trug. Es war aus Elfenbein und vermutlich aus einem Stück Walrosszahn gefertigt. Die Schnitzerei zeigte den Donnergott Thor, der seinen Hammer schwang. Im nächsten Moment spritzte allen, die sich im vorderen Teil des Schiffes befanden, die Gischt ins Gesicht. Der Mann mit dem Amulett hatte genauso viel Wasser abbekommen wie Gunnar und Hrolf.

»Sieh dir den begossenen Hund an!«

»Mach dich nur lustig, du Narr!«, rief der Mann mit dem Amulett, der Hrolf Haakansons Worte offenbar gut verstanden hatte. »Thor wird dich eines Tages deine Undankbarkeit büßen lassen!«

Die Stunden vergingen. Der Sturm ebbte immer mehr ab, aber die Wellen schaukelten die GÖTTERWIND weiterhin ordentlich durch. Das wurde erst besser, als das Schiff die Einfahrt der Schlei erreichte. Auf dem weit ins Landesinnere reichenden Meeresarm gab es endlich Schutz vor den heftigen Böen. Das Schiff bekam jetzt seitlichen Wind und so musste weder gekreuzt noch gerudert werden, bis man die Einfahrt zur Bucht von Haithabu erreichte.

Gunnar sah die ersten Häuser und Hafenanlagen auftauchen. Stege ragten weit ins Wasser. An ihnen waren zahlreiche Schiffe fest vertäut. Am Ufer versammelte sich eine schnell größer werdende Menschenmenge. Die Rückkehr der Schiffe war offenbar schon länger erwartet worden.

Gunnar bekam von einem der Männer an Bord der GÖTTERWIND ein Tau in die Hand gedrückt. Er sprang auf den Steg und schlang es um einen Holzpflock. Auch Hrolf Haakanson stieg nun auf den Steg und nach wenigen Augenblicken herrschte dort ein richtiges Gedränge. Schließlich wollte die Besatzung so schnell wie möglich an Land.

Jemand stieß Gunnar grob zur Seite.

Es war der Mann mit dem Amulett. Er schien es sehr eilig zu haben, drängelte sich über den Steg und verschwand schließlich in der Menge am Ufer.

Gunnars Blick suchte ihn noch einen Moment zwischen den Leuten, aber der Mann mit dem Amulett war nicht mehr zu sehen.

Wo ist der Mann geblieben?

In Haithabu

Die Freude über die Rückkehr der GÖTTERWIND fiel sehr verhalten aus. Zwar hörte Gunnar überall, wie die Seefahrer begrüßt wurden, aber als sich herumsprach, dass die DRACHENWIND gesunken war und nur ein Mann und ein Junge wie durch ein Wunder überlebt hatten, machte sich ringsum Entsetzen breit. Die meisten Männer der DRACHENWIND ließen Frauen und Kinder zurück, die jetzt auf sich allein gestellt waren.

Gunnar blickte sich suchend um, als Hrolf Haakanson ihm eine Hand auf die Schulter legte.

»Wir haben ganz schön Glück gehabt, was?«

»Ja«, murmelte Gunnar.

Hrolf Haakanson machte eine ausholende Handbewegung. »Sieh es dir an, Gunnar! Das ist Haithabu, der größte Wikingerhafen an der Ostsee. Als wir uns da draußen auf See an das Fass klammerten, habe ich, ehrlich gesagt, nicht mehr daran geglaubt, das alles hier noch einmal wieder zu sehen.«

Gunnar ließ den Blick über die zahllosen Schiffe schweifen. Der Ort selbst bestand aus Holzhäusern, die von einer halbkreisförmigen Wand aus angespitzten Holzstämmen geschützt wurden. »Hier leben doch mindestens tausend Menschen!«, staunte er.

»Mehr!«, sagte Hrolf. »Kein Vergleich mit den paar Häusern von Holmgard, was?«

»Jedenfalls habe ich noch nie so viele Menschen auf einem Haufen gesehen!«

In diesem Moment näherte sich ihnen ein Mann, den ihm sein Vater oft beschrieben hatte. Er war groß und breitschultrig. Das blonde Haar reichte ihm bis zu den Schultern und der Bart ließ nur wenig vom Gesicht frei. Er trug ein Gewand aus einem dicht gewebten, dunkelbraunen Stoff, das von einem breiten Gürtel mit kunstvoll verzierter Messingschnalle zusammengehalten wurde. Dazu eng anliegende Hosen und Stiefel. Sein Umhang wurde von einer silbernen Spange zusammengehalten. Die linke Hand umfasste den Griff des breiten Schwertes, das ihm an der Seite hing.

Das musste Wulfhir Erikson sein.

Er trat auf Hrolf zu, ohne Gunnar zu beachten.

»Hrolf! Wo ist mein Schiff?«, platzte es aus ihm heraus. »Stimmt es, was alle sagen?«

Er fasste Hrolf bei den Schultern.

Hrolf nickte. »Die DRACHENWIND liegt auf dem Grund des Meeres«, antwortete der Lademeister ernst. »Thor hat uns gezürnt und nur die GÖTTERWIND den schrecklichen Sturm überstehen lassen!«

Wulfhir ballte die Hände zu Fäusten.

»Die ganze wertvolle Ladung versenkt ...?«, murmelte

er ungläubig, als könne er nicht fassen, was der Sturm ihm angetan hatte.

»So ist es.«

Wulfhir fuhr sich mit der Hand über die Augen, bevor er fortfuhr: »Und die Männer? Sag! Was ist mit der Besatzung?«

Hrolfs Schweigen als Antwort sagte alles. Da erst fiel Wulfhirs Blick auf Gunnar. »Wer bist du?«

»Gunnar Larsson – Gunnar, der Sohn von Lars dem Listigen aus Holmgard«, antwortete Hrolf für ihn. »Wir sind die einzigen Überlebenden der DRACHENWIND.«

Wulfhir wiederholte langsam Gunnars Namen. »Gunnar, ja. Ich erinnere mich.«

»Du hattest Lars dem Listigen versprochen, seinen Sohn in die Ausbildung als Schiffbauer zu nehmen«, mahnte Hrolf Haakanson.

Wulfhir musterte Gunnar von oben bis unten. »Thor muss es gut mit dir meinen, wenn er dich dieses Schiffsunglück überleben ließ!«, sagte er schließlich leise.

»Das hoffe ich.«

»Vielleicht bringst du meinem Haus auch Glück. Das werden wir jetzt dringend brauchen, nachdem eines meiner Schiffe mit so wichtiger Ladung untergegangen ist! Die Pelze aus Holmgard werden anderswo in Gold aufgewogen, so kostbar sind sie!« Er drehte sich halb herum und deutete auf seine Familie. Gunnar sah eine Frau mit goldblondem Haar, das zu einem dicken Zopf geflochten war. Ihr Kleid war einfach geschnitten, aber aus edlem Stoff. Es reichte bis zu den Knöcheln. Die

Arme blieben frei und die Spange, die den Umhang hielt, war offenbar von demselben Schmied angefertigt worden, der auch Wulfhirs Spange gemacht hatte. »Das ist Astrid Olafstochter, meine Frau«, stellte er sie vor. »Sie ist zwar nicht deine Mutter, aber sie wird wie eine Mutter für dich sorgen, solange du in unserem Haushalt lebst.«

Gunnar verneigte sich leicht. »Ich werde sehen, dass ich dir wenig Umstände mache«, sagte er.

Astrid lächelte freundlich. »Das höre ich gerne!«

Wulfhir deutete auf den Jungen und das Mädchen, die bei Astrid standen.

»Das sind meine Kinder, Sven und Solveig. Ich hoffe, ihr versteht euch gut. Schließlich werdet ihr unter einem Dach wohnen.«

Gunnar sah die beiden erwartungsvoll an und merkte mit Erleichterung, dass Solveig lächelte. Ihre blauen Augen strahlten und Gunnar hatte den Eindruck, dass sie ihn tatsächlich willkommen hieß.

Sven murmelte nur etwas vor sich hin, was Gunnar nicht verstand. Aber es war ganz bestimmt nicht freundlich gemeint.

Solveig lenkte Gunnar ab.

»Du wirst sicher froh sein, dich heute Nacht am Feuer wärmen zu können.«

»Es war sehr kalt da draußen.«

»Eine warme Fleischsuppe wird dich von innen wieder aufwärmen.«

»Danke.«

»Nichts zu danken, du gehörst schließlich jetzt zu uns. Mein Vater hat deinem Vater das Versprechen gegeben, dich aufzunehmen und auszubilden.«

Gunnar lächelte verhalten. »Unsere Väter sollen früher zusammen auf große Fahrt gegangen sein und in England und Irland Klöster geplündert haben. Kennst du diese Geschichten auch?«

»In- und auswendig«, schmunzelte sie.

Sven war schon an Land gegangen, während Solveig und Gunnar noch immer auf dem Bootssteg standen.

»Was ist denn mit deinem Bruder?«, fragte Gunnar vorsichtig. »Ist ihm das Unglück so zu Herzen gegangen?«

Solveig musterte ihn kurz. »Ich fürchte, damit hat Svens Stimmung nichts zu tun. Er ist oft so.«

»Einfach so?«

Solveig zuckte mit den Schultern. »So ist er eben.«

»Irgendwie scheint es ihm nicht zu gefallen, dass ich hier bin!«

»Er wird sich schon daran gewöhnen«, erwiderte Solveig. »Außerdem bist du ja auch nicht der Einzige, der bei meinem Vater in die Lehre geht.«

»So?«

»Zurzeit ist noch ein anderer Junge bei uns. Er heißt Ake Ingvarson und ist, glaube ich, etwas älter als du.«

»Ich bin zwölf.«

»Mein Bruder Sven auch, ich bin ein Jahr jünger. Aber Ake ist schon vierzehn und bereits zwei Jahre lang bei uns. Du wirst ihn kennenlernen. Ein netter Kerl.«

Sie verließen den Steg und gingen an Land.

Das Haus von Wulfhir Erikson stach schon von Weitem deutlich unter den Häusern Haithabus hervor, denn es war mit Abstand das größte am Ort. Innerhalb des Schutzwalls von Haithabu war der Platz begrenzt. Daher waren die meisten Häuser deutlich kleiner als die Wikingerhöfe im freien Land.

Sofern es überhaupt Fenster gab, waren sie nur klein oder dienten zum Abzug des Rauchs der Feuerstelle. Im Winter wurde es empfindlich kalt und die schweren Stürme im Herbst und im Frühling ließen jeden Gedanken daran, dass irgendwelche Öffnungen in den Wänden ihren Reiz haben könnten, sofort vergessen. Glas war zwar bekannt, wurde aber ausschließlich zur Herstellung von in der Sonne funkelnden Perlen benutzt, die man mit den Stämmen an der Ostseeküste gegen Bernstein oder Felle tauschen konnte.

Das Haus von Wulfhir Erikson und seiner Familie lag direkt am Wasser und besaß eigene Bootsstege und Anlegestellen. Ein außerordentlich bevorzugter Platz, wie Gunnar sofort erkannte. Schiffe und Boote aller nur erdenklichen Größen lagen dort vertäut. Manche hatte man auch an Land gezogen. Gunnar blieb stehen. Er sah breite, bauchige Knorren zum Transport von Lasten und die schlankeren Kriegsschiffe, die wendiger und schneller waren. Bei gleicher Windstärke kamen sie gut und gerne auf die doppelte Geschwindigkeit.

»Was ist?«, fragte Solveig.

»In Holmgard gab es vor allem die kleinen Schniggen«, staunte Gunnar. »Andere als diese kleine Schiffe sind bei uns auf den Flüssen und Seen kaum einsetzbar. Schon eine Skaid war bei uns ungewöhnlich! Aber das hier …«

»Dann hast du einen langen Drachen wie den da vorne wohl noch nie gesehen?«, fragte Solveig stolz und streckte die Hand aus. Die Kriegsschiffe unterschieden sich vor allem nach Länge und Größe. Auf einer Schnigge hatten bis zu vierzig Mann Platz, auf einer Skaid schon bis zu sechzig und alles, was mehr als sechzig Krieger an Bord hatte, wurde ›Drachen‹ genannt. Gunnar hatte gehört, dass manche der großen Langdrachen, die über den rauen Ozean im Westen fuhren, bis zu hundert Mann an Bord hatten.

»Bei euch in Russland werden doch die Schiffe auf Rundhölzern über Land gezogen, wenn man in einen anderen Fluss überwechseln will«, sagte Solveig.

»Stimmt.« Gunnar staunte, wie gut Solveig sich auskannte.

»Das stelle ich mir mit einer Schnigge schon sehr viel leichter vor als mit einem Langdrachen.«

Gunnar lächelte. Wollte sie seine Kenntnisse testen? »Sogar die großen, breiten Knorren werden bei uns auf diese Weise transportiert. Ich glaube, du unterschätzt die Muskelkraft der Männer von Holmgard.«

»Vielleicht.«

Gunnar deutete auf ein breites Schiff, das noch an Land lag und kurz vor der Fertigstellung zu stehen schien. Es hatte die Länge einer Skaid, war aber deutlich breiter – für eine Knorr jedoch immer noch zu schmal. Außerdem gab es ein paar Besonderheiten. So fehlten an den Seiten die Löcher, durch die bei Windstille die Ruder gesteckt wurden. Ansonsten war allerdings erkennbar, dass sehr viel Wert auf Ausstattung und Verzierung gelegt wurde. Am Bug befand sich ein prächtiger Wolfskopf, der in besonders leuchtenden Farben angemalt war, und an der gesamten Reling hatte man kunstvolle Schnitzereien angebracht.

Ein Dutzend Männer war damit beschäftigt, daran zu arbeiten. Darunter auch ein Junge mit leuchtend rotem Haar und einem hellgrauen Wollwams, das in Brusthöhe mit einem rotbraunen Flicken ausgebessert worden war. Er winkte Solveig zu.

»Das ist Ake. Er hat schon viel gelernt – ganz im Gegensatz zu meinem Bruder Sven, der einfach zwei linke Hände hat. Ob aus dem mal ein richtiger Schiffbauer wird, mag Njörd wissen.«

Gunnar deutete auf das Schiff.

»Ein Schiff ohne Ruderriemen?«, fragte er. »Ich sehe jedenfalls keine Löcher dafür!«

»Das ist ein ganz besonderer Auftrag für meinen Vater. Helge Helgesons Totenschiff!«

Gunnar sah sie fragend an.

»Helge Helgeson war der alte Jarl von Haithabu. Er ist vor Kurzem an Fieber gestorben. Jetzt hat mein Vater seinen Platz eingenommen.« In ihrer Stimme schwang Stolz.

»Wenn in Holmgard ein Jarl stirbt, wird sein Totenschiff auf den Ilmensee hinausgetrieben und verbrannt«, sagte Gunnar.

»Wir machen das hier anders«, erwiderte das Mädchen. »Jarl Helges Totenschiff wird bis zur Mündung der Schlei gefahren und dort an Land gehievt. An einer Stelle, von der aus man einen freien Blick auf das offene Meer hat, wird er dann mitsamt seinem Schiff begraben. Mein Vater und seine Männer arbeiten Tag und Nacht an dem Schiff, denn der alte Jarl liegt noch immer in seinem Haus aufgebahrt.«

Astrid war inzwischen längst ins Haus gegangen. Jetzt rief sie ungeduldig nach Solveig.

»Ich muss mithelfen, das Essen zuzubereiten«, sagte sie.

Gunnar folgte ihr durch die halb offen stehende Tür. Beißender Qualm kam ihm entgegen.

Im Inneren der Halle herrschte Halbdunkel. Das Prasseln des Herdfeuers war zu hören. Die Luft war schlecht, weil der Rauch nicht richtig abgeleitet wurde.

In der Mitte des Raumes befand sich die Herdgrube. Eine Magd schürte das Feuer und Astrid schimpfte mit ihr, weil sie ihre Aufgabe offenbar nicht richtig gemacht hatte.

Die Herdgrube war von Steinen umgeben und das Feuer sorgte immerhin für etwas Licht.

In einem Eisenkessel wurde Fleisch gekocht. Es roch gut. Astrid schickte die Magd aus, um alle zum Essen zu rufen.

Einen Bodenbelag gab es in dem Haus nicht. In der Mitte war die Erde festgetreten, während sich an den Seiten künstlich aufgeworfene Haufen befanden, die als Sitzbänke dienten. Gunnar bemerkte einige zur Seite geräumte Strohsäcke, die wohl als Nachtlager benutzt wurden. Die Halle war der Schlafplatz für Wulfhirs Kinder, seine Angestellten und freien Gefolgsleute, seine Knechte und Mägde sowie die leibeigenen Sklaven, die er besaß.

In einer Ecke des großen Raumes befand sich eine durch schwere Vorhänge abgetrennte und mit Holz ausgekleidete Nische. In diesem Alkoven schliefen, wie bei den wohlhabenden Wikingern üblich, der Hausherr und seine Frau.

»Vielleicht willst du dich noch etwas am Feuer wärmen!«, schlug Solveig vor, während sie die Becher für das Met hervorholte.

»Danke.«

»Sieh zu, dass du dir nach deinem Bad in der See nicht den hustenden Tod holst. An dem sind schon viele hier in Haithabu gestorben.«

Gunnar wedelte mit der Hand den Rauch etwas zur Seite. »Das liegt dann aber wohl eher an dem beißenden Qualm in euren Häusern als daran, dass jemand mal etwas nass geworden ist!«

Solveig wollte etwas erwidern, aber ihre Mutter kam ihr zuvor. »Jetzt red' nicht so viel!«, mischte sich Astrid Olafstochter ein. »Hilf mir lieber und rufe alle zusammen, damit wir endlich essen können! Vielen knurrt schon der Magen.« Astrids Blick wanderte kurz zu Gunnar. »Und ganz gewiss trifft das auf unseren neuen Lehrjungen zu, nach dem, was er da draußen auf See mitmachen musste!«

Solveig seufzte. Ohne dass Astrid Olafstochter es sehen konnte, verdrehte sie die Augen.

»Ja, ja, ich gehe ja schon«, sagte sie.

Es dauerte nicht lange, bis Solveig alle zusammengerufen hatte. Schließlich hatten alle großen Hunger.

Wulfhir traf als Letzter ein. Er war aufgehalten worden, weil er noch einen Streit zu schlichten hatte, was zu seinen vielen neuen Aufgaben als Jarl gehörte.

»Worum ging es denn?«, fragte ihn Astrid Olafstochter.

»Wieder mal um das Gewichtsgeld! Es ist immer dasselbe! Da hat man gerade ein Schiff mit Mann und Maus verloren und soll dann auch noch unparteiisch und freundlich zu jedermann sein!«

Gewichtsgeld kannte Gunnar auch aus Holmgard. Da die Wikinger selbst keine Münzen prägten, wogen sie Silbergeld einfach ab, um den Wert zu bestimmen. Ob es sich dabei um Münzen des deutschen Kaisers oder des Kalifen von Bagdad handelte, war ihnen gleichgültig. Falls das Gewicht nicht passte, zerbrachen sie die Münzen einfach.

Beim Abwiegen gab es jedoch immer wieder Streit auf dem Markt. »Da gebe ich mir nun alle Mühe, die auswärtigen Händler in Haithabu zu schützen, und sie danken es einem, indem sie zu betrügen versuchen!«, polterte Wulfhir. Aber Gunnar war klar, dass der eigentliche Grund seines Ärgers der Verlust der DRACHENWIND war.

Von Solveig erfuhr er, dass solche Streitigkeiten fast

täglich vorkamen. Wulfhir hatte inzwischen schon eine gewisse Routine darin. »Langsam gewöhnt er sich an die Pflichten eines Jarls«, sagte Solveig. »Er vertritt damit ja gewissermaßen den König der Dänen.« Sie zuckte mit den Schultern. »Wer weiß, vielleicht wird er sogar selbst mal König, schließlich werden Könige ja oft aus den Reihen der Jarle erhoben.«

Gunnar grinste schief. »Ich glaube, jetzt träumst du aber!«

»Muss das nicht auch erlaubt sein, Gunnar? Du träumst doch auch sicher von irgendetwas!«

Gunnar nickte. »In Holmgard kommen hin und wieder Reisende vorbei, die die Länder des Kalifen besucht haben … Ich hab gehört, in Haithabu sollen mindestens tausend Menschen leben.«

»Zu den Markttagen sind es gewiss sogar noch viel mehr …!«

»Aber in Bagdad, der Hauptstadt des Kalifen, sollen angeblich tausend mal tausend Menschen leben! Kannst du dir das vorstellen? Die Reihen der Häuser müssen bis zum Horizont reichen, so groß ist diese Stadt. Unvorstellbar, was?«

»Vielleicht bist du einfach nur zu leichtgläubig, Gunnar, und die Männer, die das am Lagerfeuer erzählten, wollten sich nur wichtigmachen!«

Gunnar zuckte mit den Schultern. »Kann sein – aber davon würde ich mich gerne selbst irgendwann mal überzeugen!«

Bevor die Mahlzeit begann, gedachte Wulfhir mit ein

paar Worten der Toten von der DRACHENWIND, dann deutete er auf Gunnar und stellte ihn kurz vor. »Das ist Gunnar Larsson, der Sohn von Lars dem Listigen aus Holmgard, mit dem zusammen ich vor vielen Jahren auf Raubzügen nach England und Irland unterwegs war. Der Meeresgott Njörd war uns damals gnädig – und er war nun auch Gunnar Larsson wohlgesonnen.« Er musterte seine neuen Lehrjungen kurz, bevor er fortfuhr: »Dreißig Mann sind mit der DRACHENWIND untergegangen und Gunnar ist am Leben. Das ist ein Zeichen. Eine breite Knorr zum Lastentransport war sie, keines dieser schmalen Kriegsschiffe. Ich hatte sie so stabil gebaut, dass ich dachte, es gäbe keinen Sturm, der sie versenken könnte. Aber das war ein Irrtum. Die Götter sind stärker. Gegen Thors Macht kann man nichts ausrichten.«

Die Gemeinschaft schwieg, während Wulfhir sein Trinkhorn mit frischem Met erhob.

Die Mahlzeit begann. Das Fleisch wurde auf Holzplatten verteilt und mit den Fingern gegessen. Dazu gab es Brot, das allerdings nicht aus Getreide, sondern aus getrockneten Erbsen und Kiefernborke bestand.

Wulfhir beschwerte sich heftig darüber.

»Tut mir leid, das Gerstenmehl ist uns leider ausgegangen«, erwiderte Astrid.

»Ich bin der reichste Mann von ganz Haithabu und es ist nicht genug Gerstenmehl da, um Brot zu backen?«, polterte der neue Jarl unwirsch.

»So ist es«, bestätigte Astrid ruhig.

Wulfhir spuckte eines der zahllosen Steinchen aus, die

in das Brot hineingeraten waren. »Kein Wunder, dass unsere Leute so schlechte Zähne haben, wenn sie das hier essen müssen!«

»Das kommt bei Brot aus Gerstenmehl genauso vor«, verteidigte sich Astrid. »Es ist nun mal nicht möglich, immer zu verhindern, dass ein paar Brocken von den Handmühlsteinen ins Mehl geraten – gleichgültig, woraus es besteht. Und unsere neue Magd ist noch nicht so geübt darin.«

»Die Knappheit an Getreide wird erst aufhören, wenn die nächste Ernte kommt«, mischte sich einer der anderen Männer ein. »Du weißt, die letzte Ernte war schlecht. Wir haben Freya und Freyr nicht genug geopfert!«

Zustimmendes Gemurmel erklang.

Freya und ihr Bruder Freyr waren die Götter der Fruchtbarkeit, der Ernte und des Wachstums. Sie waren die Kinder des Meeresgottes Njörd, der durch den Untergang der DRACHENWIND ja schon gezeigt hatte, dass er im Moment zu schwach war, um sich gegen Thor zu wehren.

»Hätten wir mehr geopfert, wären wir jetzt nicht gezwungen, steiniges Erbsenbrot zu essen, und unser Herr Wulfhir hätte sein Schiff mit all den kostbaren Pelzen nicht verloren«, meldete sich ein Mann mit schneeweißen Haaren und einem langen Bart zu Wort. Er hatte leuchtend blaue Augen, über denen sich buschige Brauen befanden, die in der Mitte schon zusammenwuchsen. Der Weißhaarige fuhr fort: »Es sollte also niemand unsere Hausherrin Astrid für unser Ungemach verantwortlich machen! Sie hat lediglich versucht, das Beste daraus zu machen!«

Die meisten Anwesenden stimmten der Ansicht des Weißhaarigen zu, sodass Wulfhir schließlich sagte: »Dann werden wir eben demnächst mehr opfern, um die Gunst der Götter zurückzugewinnen!«

Trinkhörner voll Met wurden gehoben und gegeneinander gestoßen.

Gunnar beugte sich zu Solveig herüber und flüsterte: »Wer ist der weißhaarige Mann, der es gewagt hat, Wulfhir zu widersprechen?«

»Das ist Trygvar Snörrisson«, gab Solveig Auskunft. »Er ist ein Skalde und außerdem derzeit unser Lehrer.«

Trygvar blickte jetzt direkt in Gunnars Richtung und musterte ihn. Skalden, wie die Wikinger ihre Dichter und Sänger nannten, war es gestattet, jederzeit ihre Meinung frei zu äußern. Dabei spielte es keine Rolle, ob das in Anwesenheit eines Jarl oder eines Königs geschah. Allerdings begnügten sich die meisten Skalden damit, Loblieder auf ihre Herren zu verfassen, weil sie dann hoffen konnten, gut entlohnt zu werden. Davon abgesehen zogen viele von ihnen auch zugleich als Wanderlehrer durch das Land. Sie gingen von Ort zu Ort, von Gehöft zu Gehöft, um für eine Weile die Kinder zu unterrichten.

»Gut, dass ich mit diesem Unterricht nichts zu tun habe!«, meinte Gunnar. »Runen in Holzstücke zu ritzen ist nämlich nicht so mein Fall.« Er machte eine wegwerfende Handbewegung. »Viel zu langweilig.«

»Warte es ab«, erwiderte Solveig lächelnd.

Gunnar sah sie verwirrt an. »Wieso?«

»Weil *du* die Runenschrift auch lesen lernen wirst!«

»Ich soll Schiffbauer werden – nicht Schamane oder Skalde!«

Da die Runen auch als magische Zeichen galten, mit denen man die Götter beeinflussen konnte, verwendeten Schamanen sie für ihre Beschwörungen und Zauberrituale. Skalden brauchten sie etwa, um ein paar lobende Worte über einen gefallenen Krieger in einen Runenstein zu ritzen, damit man sich auf ewig an ihn und seine Taten erinnerte.

Aber ein Schiffbauer? Der brauchte nur geschickt mit dem Hammer und der Axt umgehen zu können! So hatte Gunnar sich das jedenfalls bis dahin vorgestellt. Aber Solveig machte ihm schnell klar, dass ihr Vater Wulfhir da offenbar eine ganz andere Ansicht vertrat.

»Mein Vater meint, dass jeder Schiffbauer in der Lage sein sollte, mit den Runen zu schreiben!«

»Wenn man zu dumm ist, sich die Konstruktionsgeheimnisse einer Skaid zu merken – dann ja!«, witzelte Gunnar. »Ansonsten kann ich mir das kaum vorstellen.«

»Aber auch ein Schiffbauer will sein Schiff irgendwann verkaufen, und dann ist es gut, wenn der Preis und die Art der Bezahlung in ein Stück Holz geritzt werden!«

»Wenn ich ein Schiff verkaufen will, kann ich mir das auch so merken.«

»Ja, du schon, aber dein Kunde vielleicht nicht! Kann

doch sein, dass er die Summe Gewichtsgeld nicht auf einmal aufbringen kann und dir verspricht, den Rest erst später zu bezahlen. Später will er dann davon nichts mehr wissen!«

»Und wenn man alles mit Runen aufgeschrieben hat, kann man beweisen, was abgemacht war!« Gunnar stöhnte, dann schüttelte er den Kopf. »Ist mir trotzdem zu viel Aufwand.«

»Du hast gar keine Wahl«, stellte das Mädchen klar.

Während Gunnar noch grübelte, wie er dem angedrohten Unterricht entgehen könnte, brachte Astrid Olafstochter die Unterhaltung der Männer auf den toten Jarl Helge Helgeson und die letzte Reise, die er mit seinem Totenschiff antreten sollte. Dass Astrid dieses Thema unbedingt heute Abend noch ansprechen wollte, hatte seinen Grund: Der Untergang der DRACHENWIND und ihrer Ladung war für Wulfhirs Familie eine Katastrophe. Jetzt musste wenigstens mit dem Totenschiff alles glattgehen, sonst weigerte sich Helges Familie am Ende, Wulfhir zu bezahlen.

»Das Schiff ist fertig«, verkündete Wulfhir zufrieden. »Na ja, jedenfalls so gut wie«, schränkte er dann ein. »Aber alles, was noch zu tun ist, kann man auch machen, wenn es schon im Wasser liegt.«

Gunnar merkte auf. Er war offenbar genau zum richtigen Zeitpunkt nach Haithabu gekommen. Bereits für den nächsten Tag hatte Wulfhir so viele Männer angeheuert, wie er bekommen konnte. Denn das Schiff sollte auf Baumstämmen zum Wasser gerollt werden.

»Ich nehme an, dass es danach erst mal an deinem Bootssteg bleibt, Wulfhir!«, vermutete Ake. Gunnar fiel auf, dass er eher wie ein erfahrener Kollege mit Wulfhir sprach, nicht wie ein Lehrling mit seinem Meister. Offenbar nahm er seine Ausbildung sehr ernst und war mit Freude bei der Sache.

Wulfhir schüttelte den Kopf. »Ich habe heute Morgen mit Thorben Helgeson gesprochen. Die Familie des toten Jarl möchte, dass wir das Schiff aus der Bucht herausschleppen und zur Anlegestelle an der Halbinsel bringen.«

»Warum dieser Umstand?«, fragte Hrolf Haakanson.

»Dort ist das Schiff leichter zu beladen«, gab Wulfhir zurück.

»Aber auch leichter zu bestehlen!«, erwiderte Hrolf. »Schließlich wird man dem toten Jarl einiges an Reichtümern mit auf den Weg nach Walhall geben. Das wird Diebe nur so anlocken.«

»Helges Familie hat genug Männer unter Waffen, um den Steg und das Schiff gut bewachen zu lassen!«, brummte Wulfhir. »Da brauchen wir uns keine Sorgen zu machen, zumal jeder, der sich am Totenschatz vergreift, den Zorn der Götter heraufbeschwört. Und wer will das schon?«

Die Erwachsenen redeten noch lange in dieser Nacht. Immer wieder wurde Met nachgefüllt. Gunnar bemerkte, dass Sven das Haus verließ, und folgte ihm. Was immer der Sohn des Schiffbauers auch gegen ihn haben mochte, Gunnar wollte es so schnell wie möglich ausräumen.

Er fand Sven am flach zulaufenden Ufer. Solveigs Bruder saß auf einem Stein und blickte hinaus auf die Bucht, an der Haithabu lag. Ganz in der Nähe floss ein Bach, der sich mitten durch den Ort zog und sich in die Bucht ergoss. Durch die leichte Strömung, die er verursachte, hatten es vor allem die großen Wikingerschiffe leichter, aus der Bucht herauszukommen und erst die Schlei und schließlich das Meer zu erreichen.

»Sven?«, fragte Gunnar und setzte sich neben ihn.

Doch Sven gab keine Antwort.

»Wir haben uns noch gar nicht richtig begrüßt. Da ich voraussichtlich ein paar Jahre in eurem Haus leben werde, möchte ich gerne mit allen gut befreundet sein«, versuchte Gunnar es noch einmal.

Sven sah ihn an.

»So?«

»Auch mit dir.«

Sven atmete tief durch. »In Ordnung. Du kannst ja eigentlich auch nichts dafür.«

»Wofür?«, hakte Gunnar nach.

»Dass mich Schiffe nicht so interessieren wie meinen Vater – oder wie dich, wie ich annehme.« Er hob seine Hände. »Ich bin einfach nicht so geschickt mit den Händen! Und das wird mein Vater mir wahrscheinlich jetzt dauernd vorhalten. Bei Ake ist das was anderes, der ist älter. Aber wir sind ungefähr gleichaltrig, da gibt es keine Ausrede.«

»Ich dachte immer, man kann alles lernen.«

»Nein, das kann man nicht!«, widersprach Sven heftig. »Unser Lehrer Trygvar sagt, dass das Schicksal bestimmt, wozu man Talent hat und was man lernen kann. Ein Skalde wird mit der Fähigkeit geboren, Geschichten und Lieder zu erfinden, und ein Schiffbauer mit dem Talent, Schiffe zu entwerfen, die nicht untergehen. Sicher muss jedem der beiden vieles erst gezeigt werden, aber die Fähigkeit ist in ihm! Gegeben durch die Götter!«

»Und dieser Trygvar hat gesagt, dass es dein Schicksal wäre, Skalde zu werden?«

»Ja. Mein Vater hätte ihn deswegen beinahe davongejagt – aber Astrid hat ihn besänftigt und ihm gesagt, dass er das Schicksal nicht ändern könne, wenn er das tut!«

Gunnar fiel auf, dass Sven Wulfhirs Frau ›Astrid‹ nannte – und nicht ›Mutter‹. Wahrscheinlich hatte Wulfhir Sven von einer Zweitfrau oder einer Magd bekommen und ihn später als Sohn anerkannt. Schließlich wollte er sicher einen Erben für sein Schiffbaugeschäft haben und Solveig kam dafür nicht infrage, weil sie ein Mädchen war. Wie groß musste daher die Enttäuschung für Wulfhir gewesen sein, dass Sven wahrscheinlich niemals sein Nachfolger sein würde.

Aber nach diesen Dingen wollte Gunnar Sven jetzt nicht fragen.

»Wie gesagt, ich möchte gut mit dir auskommen, Sven.«

»Das werden wir, Gunnar.« Sven deutete auf die Werft

vor ihnen. »Ich hoffe nur, dass mit dem Totenschiff alles glattgeht. Mein Vater hat viele Schiffe gebaut, aber kein Auftrag war so wichtig wie der Bau der FAHRT NACH WALHALL: Denn wenn mit der etwas schiefgeht, kann er sich wohl kaum als Jarl behaupten und vielleicht wird sogar niemand mehr Schiffe bei ihm kaufen!« Er sah Sven an. »Für einen künftigen Schiffbauer wie dich ist das ein großer Moment. So ein Schiff wirst du so schnell nicht wiedersehen.«

Auch Gunnar musterte die Schiffe vor ihm. Dabei dachte er daran, dass es vielleicht ein Unglückszeichen war, dass vor Kurzem erst ein anderes Schiff Wulfhirs untergegangen war. Sein Blick blieb an der FAHRT NACH WALHALL hängen. Tatsächlich: So ein Schiff hatte er noch nie zuvor gesehen!

Welches ist das Totenschiff und wie unterscheidet es sich von den übrigen Schiffen?

Das Totenschiff

Es waren laute Stimmen, die Gunnar am nächsten Morgen weckten. Er hatte auf einem Strohsack geschlafen und jetzt stieß ihn jemand an.

»Komm schon, sieh zu, dass du noch etwas zu essen bekommst. Dann müssen wir los!«

Gunnar blickte auf und gähnte. Blinzelnd sah er in das Gesicht von Ake Ingvarson, dem Jungen mit den rötlichen Haaren, der bereits zwei Jahre bei Wulfhir den Schiffbau erlernte.

Als Frühstück dienten die Reste der Abendmahlzeit.

»Wo ist Solveig?«, fragte Gunnar.

»Astrid Olafstochter hat sie irgendetwas besorgen geschickt.«

»Und Sven?«

»Der ist schon dort, wo wir auch gleich hingehen – beim Totenschiff. Also frag nicht so viel und komm!«

Wenig später folgte Gunnar dem älteren Lehrjungen ins Freie. Sie gingen zum Ufer, von dem aus das Totenschiff zu Wasser gelassen werden sollte. Ein Großteil der Männer von Haithabu war dabei, denn der Stapellauf dieses Schiffes war ein Ereignis. Mitten im Gedränge entdeckte Gunnar einige bekannte Gesichter, darunter nicht nur Sven, sondern auch den Mann mit dem Thor-Amulett aus Walrosszahn, der mit ihm gemeinsam die GÖTTERWIND verlassen hatte. Er stand mit ein paar anderen Männern zusammen. »Der alte Jarl wird wie ein König in Walhall einziehen!«, meinte einer von ihnen.

Walhall war der Name der Kriegerhalle, in der die tapfersten Kämpfer nach ihrem Tod durch Frauen mit vollen Trinkhörnern empfangen wurden, die man Walküren nannte.

Diese Kriegerhalle gehörte dem einäugigen Odin, dem höchsten Gott der Wikinger.

Ein anderer lachte dröhnend: »Glaubst du, Odin wäre eifersüchtig auf ihn?«

»Nein«, meinte ein Dritter. »Er kann froh sein, wenn an Ragnarök ein Kämpfer wie Helge auf seiner Seite steht!«

Ragnarök – so nannten die Wikinger die letzte Schlacht der Welt, in der die Götter zusammen mit den toten Helden von Walhall gegen Riesen kämpften.

»Ich habe gehört, dass Helge sich kurz vor seinem Tod für das Jenseits doppelt abgesichert hat«, hörte Gunnar nun den Mann mit dem Thor-Amulett sagen. Er hatte eine unangenehme, schneidend klingende Stimme.

»Doppelt abgesichert? Was soll das heißen?«, fragte einer aus der Gruppe.

Der Mann mit dem Amulett sprach in gedämpftem Tonfall. »Na, ich habe gehört, dass er sich heimlich bei diesem Pater Rimbert taufen ließ, um auch den Christengott auf seiner Seite zu haben.«

»Das sieht ihm ähnlich!«, dröhnte ein breitschultriger Mann mit einer Narbe auf der Stirn. »Jarl Helge konnte nie genug bekommen! Seine gut gefüllte Schatzkammer hat ihm nicht gereicht – und Odins Verheißung für das Jenseits offenbar auch nicht!«

Die anderen lachten so laut, dass sich schon einige andere Männer nach ihnen umdrehten.

»Ein Jammer, dass ein ganzes Schiff und all die schönen Dinge für einen Toten verschwendet werden!«, meinte der Mann mit dem Amulett.

Die anderen sahen ihn erstaunt an. Das war selbst für die rauen Krieger arg respektlos gegenüber Helge.

»Ich meine ja nur!«, lenkte der Mann mit dem Amulett schnell ein. »Wenn er dem Christengott vertraut, könnte er sich doch auch nach ihrer Art beerdigen lassen und die Schätze in seinem Schiff uns überlassen!«

Der Rest, den er sagte, ging im Gelächter unter.

Plötzlich stieß jemand Gunnar unsanft in die Seite. Ake! »Los, hilf mit!«, verlangte er, während er bereits kräftig mit anschob, damit sich das Schiff ein Stück bewegte. Gunnar fasste sofort mit an. Der Einzige, der fehlte, war Sven.

Die FAHRT NACH WALHALL wurde auf Rundhölzern zum Wasser gebracht. Aber dort war die Plackerei noch keineswegs zu Ende, denn das große, schwere Schiff hatte für das seichte Ufer zu viel Tiefgang. Es dauerte mehrere Stunden, ehe es von den Männern in tieferes

Wasser gezogen worden war, das den Wikingern gerade bis zum Bauchnabel stand. Mit einem Ruderboot wurde es schließlich zum Anlegeplatz von Helge Helgesons Familie auf der anderen Seite der Bucht gezogen und dort festgemacht.

Wulfhir stand bis zu den Hüften im Uferwasser und sah dem Totenschiff nach, das er zusammen mit seinen Handwerkern geschaffen hatte. Er ging an Land, wo ihn Gunnar und die anderen erschöpft erwarteten.

Der Schiffbauer strich sich nachdenklich über den Bart und wandte sich an Gunnar. »Du hast kräftig mitgeholfen, Junge! Das gefällt mir!«, sagte er und schlug ihm auf die Schulter.

Sven stand in der Nähe. Gunnar begriff sofort, dass es Wulfhirs Sohn nicht gefiel, dass der neue Lehrling gleich am ersten Tag gelobt wurde. Svens Gesicht brachte das deutlich zum Ausdruck.

Und es gab noch einen, der die Szene misstrauisch verfolgte: Ake! Fürchtete er, dass der neue Lehrjunge zur Konkurrenz für ihn werden könnte?

Gunnar beschloss, sich aus den Schwierigkeiten, die Sven und Wulfhir miteinander hatten, möglichst herauszuhalten. Und mit Ake würde er schon klarkommen.

»Wir dürfen keine Zeit verlieren!«, rief Wulfhir seinen Männern zu. »Gleich heute werden wir mit dem Bau eines neuen Schiffes beginnen. Wir brauchen Ersatz für die DRACHENWIND.«

Die Männer murrten kurz, aber das Holz für das neue Schiff lag schon bereit und für den Rest des Tages hörte man das Schlagen der Äxte. Während die Schiffbauer anderswo Sägen verwendeten, wurde dieses Werkzeug von den Wikingern nicht benutzt, obwohl fahrende Händler aus Deutschland oder Frankreich schon versucht hatten, sie auf dem Markt von Haithabu anzubieten.

»Lass dir niemals einreden, eine Säge für den Schiffbau zu benutzen!«, sagte Wulfhir an Gunnar gerichtet, während er mit wuchtigen Schlägen einen Stamm mit der Axt bearbeitete. »Du weißt ja, was für Nussschalen die Leute aus dem Süden zustande bringen! Gerade mal für die Küstenschifffahrt geeignet – aber nichts, womit man große Meere und schwere Wetter überwinden kann.«

»Was hat das mit dem Werkzeug zu tun?«, fragte Gunnar einigermaßen erstaunt.

»Holz, das nur mit der Axt beschlagen wurde, behält seine Biegsamkeit. Mit der Säge bearbeitetes Holz verliert sie. Glaub mir, ich habe so ein Ding mal ausprobiert, weil ich dachte, dass die Arbeit mit einer Säge vielleicht schneller von der Hand geht. Aber das Holz ist dann nicht mehr dasselbe.«

Während der Arbeit an dem neuen Schiff blickte Gunnar immer wieder zur Anlegestellte des Totenschiffs hinüber.

Den ganzen Tag über wurden Wagenladungen voller Fracht dorthin gefahren und im Schiff verstaut: Waffen, Felle, Pelze, Kisten, über deren Inhalt man nur spekulieren konnte. Gunnar vermutete, dass es sich um Schätze aus Gold und Silber handelte, die Jarl Helge im Zuge früherer Raubfahrten erbeutet hatte.

Zumindest ein Teil davon würde ihn nun auf seiner letzten Reise ins himmlische Walhall begleiten. Schließlich sollte er dort nicht als armer Mann ankommen. Jeder der Helden, die die Ehre hatten, dort mit Odin selbst am Tisch zu sitzen, sollte gleich wissen, dass sie es mit einem Mann zu tun hatten, der in seinem Leben viel Erfolg gehabt hatte.

Es wurde ein langer Tag für Gunnar und Wulfhirs Männer und für manche von ihnen war er am Abend noch lange nicht vorüber. Denn das Schiff musste noch einmal abgeschleppt und durch die enge Ausfahrt der Bucht gebracht werden, an der Haithabu lag. Es herrschte kräftiger Westwind und der drückte das Wasser aus der Schlei in die Ostsee. Das erzeugte nicht nur eine Strömung Richtung Meer, sondern sorgte auch dafür, dass der Wasserstand sank. Und der war gerade am Ausgang der Bucht von Haithabu ohnehin schon sehr niedrig. Niemand wollte riskieren, dass die für den nächsten Tag angesetzte Totenzeremonie für Jarl Helge unterbrochen werden musste, weil das voll beladene Totenschiff auf Grund lag.

Ein paar Stunden später ging das Totenschiff endlich etwa tausend Schritte nördlich von Haithabu entfernt in tiefem Wasser sicher vor Anker. Es gab dort eine Anlegestelle, die genutzt wurde, wenn ein großes Schiff wegen niedrigem Wasserstand nicht bis zum eigentlichen Hafen kam.

Erst am nächsten Morgen sollten der Tote selbst und seine Lieblingspferde auf das Schiff gebracht werden, um anschließend von einer festlich geschmückten Skaid Richtung Mündung geschleppt zu werden.

Bis dahin galt es zu verhindern, dass sich jemand an dem Schiff zu schaffen machte. Auch Wulfhir stellte ein paar Männer ab, um die Familie des Toten bei der Wache zu unterstützen.

Gunnar war heilfroh, dass er nicht unter denen war, die Wulfhir für diese Aufgabe bestimmte. Er war hundemüde.

Doch auf dem Weg zurück zu Wulfhirs Haus traf er auf Solveig, die von ihrer Mutter mit dem Auftrag losgeschickt worden war, die Wachen mit Essen zu versorgen. Das Bündel, in das Astrid Fleischstücke und Brot gewickelt hatte, war schwer und unhandlich, und so erbot sich Gunnar trotz allem, ihr zu helfen. Dankbar nahm Solveig sein Angebot an.

In dem hohen Wall, der Haithabu umgab, gab es drei Tore. Eines im Norden, eines im Westen und das dritte im Süden.

Gunnar und Solveig verließen den Ort durch das Nordtor. Der Mond stand groß und rund am Himmel, sodass man den Weg auch in der Dunkelheit gut finden konnte.

Schon bald sahen sie das Lagerfeuer der Wächter, an dem sie sich orientieren konnten.

Das Totenschiff lag friedlich vor Anker. Jeweils drei Wächter waren zur gleichen Zeit eingeteilt.

Sie saßen am Ufer um ein Feuer und beschwerten sich darüber, dass sie angewiesen worden waren, keinen Met zu trinken, damit sie verlässlich wach blieben.

Aber das Bündel, das Solveig ihnen mitgebracht hatte, verbesserte ihre Laune sogleich.

»Bestellt Wulfhir Erikson unseren Dank!«, rief einer von ihnen. Den Speer hatte er neben sich in den Boden gerammt. Das Schwert trug er am Gürtel und die Streitaxt lag griffbereit neben ihm. Die Männer schienen für alles gerüstet zu sein.

Müde machten sich Gunnar und Solveig auf den Weg zurück. Doch plötzlich stoppte Gunnar und lauschte angestrengt.

Zunächst hörte man nur Hufschlag, dann sah man eine schattenhafte Gestalt auf einem Pferd heranpreschen.

Gunnar schob Solveig kurzerhand zur Seite in den Schatten eines knorrigen Baumes, in den vor Jahren einmal der Blitz gefahren war. Solveig stolperte überrascht und gemeinsam fielen beide in das hohe, ziemlich feuchte Gras.

Der Reiter ließ sein Pferd in vollem Galopp voranpreschen. Dann zügelte er das Tier. Offenbar hatte er bemerkt, dass irgendetwas – oder irgendjemand – vor ihm ausgewichen war.

Die Gestalt drehte sich herum. Ihr Gesicht war im fahlen Mondlicht nur undeutlich zu erkennen.

Gunnar stockte der Atem.

Wen hat Gunnar erkannt und woran?

»Das war knapp!«, sagte Solveig, nachdem der Reiter verschwunden war. »Der hätte uns beinahe über den Haufen geritten!« Sie rappelte sich auf und strich sich das Gras von der Kleidung. »Dieser unvorsichtige Kerl hätte ruhig etwas besser aufpassen können. Wenn ich wüsste, wer das war, würde ich meinem Vater von dem Vorfall erzählen. Der hätte ihm als neuer Jarl schon ein paar passende Worte gesagt!«

»Lass uns weitergehen«, sagte Gunnar nur.

Solveig schaute ihn fragend an. »Was hast du? Kennst du den Kerl?«

Statt ihr eine Antwort zu geben, wandte Gunnar sich um und machte sich auf den Weg.

Aber Solveig blieb stehen und musterte ihn. »Was ist denn los?«

»Dieser Mann hat den alten Jarl nicht sehr gemocht ...«, begann Gunnar zögernd, »... und ist außerdem der Meinung, dass dein Vater nicht gerade der ideale Nachfolger ist.«

»Wie bitte? Woher willst du das denn wissen?«

»Erzähl ich dir später«, antwortete Gunnar ausweichend. »Aber findest du es nicht seltsam, dass so jemand sich um diese Zeit auf den Weg zum Totenschiff von Jarl Helge macht?«

Solveig schüttelte den Kopf. »Nein, wahrscheinlich wurde er geschickt, um einen Wächter abzulösen.«

»Wenn du meinst ...«, sagte Gunnar einsilbig.

»Und jetzt erzähl mir, woher du das alles über den Kerl weißt!«, forderte Solveig ungeduldig.

Gunnar zuckte mit den Schultern. »Meinetwegen. Ich frage mich allerdings, ob ich nicht lieber noch einmal umkehren sollte, um zu sehen, was er an der Anlegestelle will.«

»Es ist schon sehr spät und wir werden beide Ärger mit meinem Vater bekommen, wenn wir uns jetzt nicht sputen.« Sie grinste. »Ich werde das überleben, aber ob du dich als neuer Lehrjunge gleich durch Ungehorsam in den Vordergrund spielen willst?«

Als Gunnar und Solveig das Haus von Wulfhir Erikson erreichten, trat ihnen Trygvar Snörrisson entgegen. Sein weißes Haar schimmerte im Mondlicht. Er musterte die beiden Heimkehrer erstaunt. »Wo treibt ihr euch noch so spät in der Nacht herum?«

»Och …«, begann Solveig, die nach einer passenden Antwort suchte.

»Wenn ihr so spät noch auf den Beinen seid, muss man sich ja nicht wundern, wenn ihr tagsüber vor Müdigkeit kaum noch dazu kommt, die Runen zu üben!«, sagte er und wandte sich anschließend an Gunnar. »Du bist natürlich auch herzlich zum Unterricht eingeladen.«

Gunnar seufzte.

»Lass nur die Totenfeier für den verstorbenen Jarl erst vorbei sein – dann wird wieder Ruhe bei uns zu Hause einkehren!«, beruhigte Solveig den Lehrer. »Dann werden wir auch wieder mehr Zeit zum Lernen haben!«, versprach sie.

Der Wanderlehrer lächelte, doch dann wurde sein Gesicht wieder ernst. »Ich werde bald weiterziehen und den Sommer in Birka verbringen. Frühestens im nächsten Jahr komme ich wieder nach Haithabu.«

Solveig sah ihn überrascht an. Birka war ein bedeutender Handelsplatz der Wikinger im Süden Schwedens. »Dann werden wir die Zeit nutzen«, versprach sie.

»Ich hatte selten so gute Zuhörer wie euch.«

Solveig wusste genau, dass Trygvar mindestens so sehr ihren Bruder damit meinte wie sie selbst. Trygvars vorzeitige Abreise würde ihn schwer treffen.

Als ahnte er, worüber Solveig nachdachte, wechselte Trygvar auf einmal das Thema. »Ich komme übrigens gerade vom Haus des alten Jarls«, sagte er. »Seine Gefolgsleute und Freunde halten dort die Totenwache. Für morgen ist alles bereit. Das wird die größte Totenfeier, die Haithabu je erlebt hat. Wir alle werden uns daran lange erinnern – wie auch an Jarl Helge selbst.«

Damit drehte er sich um und ging in Richtung des Ufers. Schließlich verschwand er in der Dunkelheit.

»Eigentlich wollte Trygvar bis zum Herbst in Haithabu bleiben«, sagte Solveig langsam.

»Warum hat er seine Pläne geändert?«

»Ich nehme an, es hat mit Sven zu tun. Mein Vater nimmt es Trygvar noch immer übel, dass er ihn darin bestärkt hat, lieber ein Skalde als ein Schiffbauer zu werden!«

Diebe in der Nacht

In der Nacht wurde der Wind stärker. Starke Böen aus Westen zogen über Haithabu und ließen auf den Schiffen die Taue und Segel an die Masten schlagen. Doch Gunnar schlief wie ein Stein.

Im Morgengrauen weckte ihn jedoch ein durchdringender Schrei. Es war Hrolf Haakanson, dessen Ruf dafür sorgte, dass binnen weniger Augenblicke alle im Haus wach wurden.

»Das Totenschiff des alten Jarls! Es ist weg! Auf und davon!«

Wulfhir war als Erster auf den Beinen. Er polterte barfuß und im Hemd aus dem Alkoven, in dem er zusammen mit seiner Frau Astrid schlief.

Sein Gesicht war dunkelrot angelaufen.

»Wie konnte das geschehen?«, rief er und fasste Hrolf bei den Schultern.

»Die Wachen sind niedergeschlagen worden. Jemand muss dann das Schiff entführt haben, um die Reichtümer an Bord zu rauben!«

»Wie das? Jeder hier weiß, dass das Totenschiff nicht

seetauglich ist!«, polterte Wulfhir. »Es besitzt kein Segel und keine Ruderbänke. Also muss es in Schlepp genommen worden sein.«

»Nicht unbedingt!«, widersprach Gunnar, der sich inzwischen von seinem Nachtlager erhoben hatte und aufmerksam mitverfolgte, was Hrolf berichtete. »Die Räuber könnten das Totenschiff einfach davontreiben lassen und in eine Bucht lenken – denn ein Steuerruder hat das Totenschiff ja!«

Wulfhir musterte seinen neuen Lehrling scharf, dann nickte er.

»Du bist nicht dumm, Junge. Du hast dir das Schiff genau angesehen. Es hat tatsächlich ein Ruder, denn schließlich soll der alte Jarl den Weg nach Walhall nicht verfehlen!« Er zupfte sich an seinem Bart. »Gunnar könnte recht haben«, wandte er sich dann an die anderen. »Der Wind heute Nacht war ziemlich stark. Das könnten Diebe genutzt haben, um das Schiff in eine Bucht zu bringen und dort zu entladen! Ich will, dass alle Männer zusammengetrommelt werden! Wir werden mit unseren Schiffen die Umgebung absuchen.«

Die Nachricht des verschwundenen Totenschiffs verbreitete sich wie ein Lauffeuer in Haithabu. Wer wagte solchen Frevel?

So schnell es ging, wurden die Schiffe fertig gemacht. Auch Ake, Gunnar und Sven mussten mit anfassen, um die SLEIPNIR, Wulfhirs wendigste Schnigge, klar zum Auslaufen zu machen.

In der Gegend um Haithabu wimmelt es von Buchten, die infrage kommen, um das Totenschiff zu verstecken. Wo erscheint die Suche am vielversprechendsten und welche Buchten können Wulfhir und seine Männer außer Acht lassen?

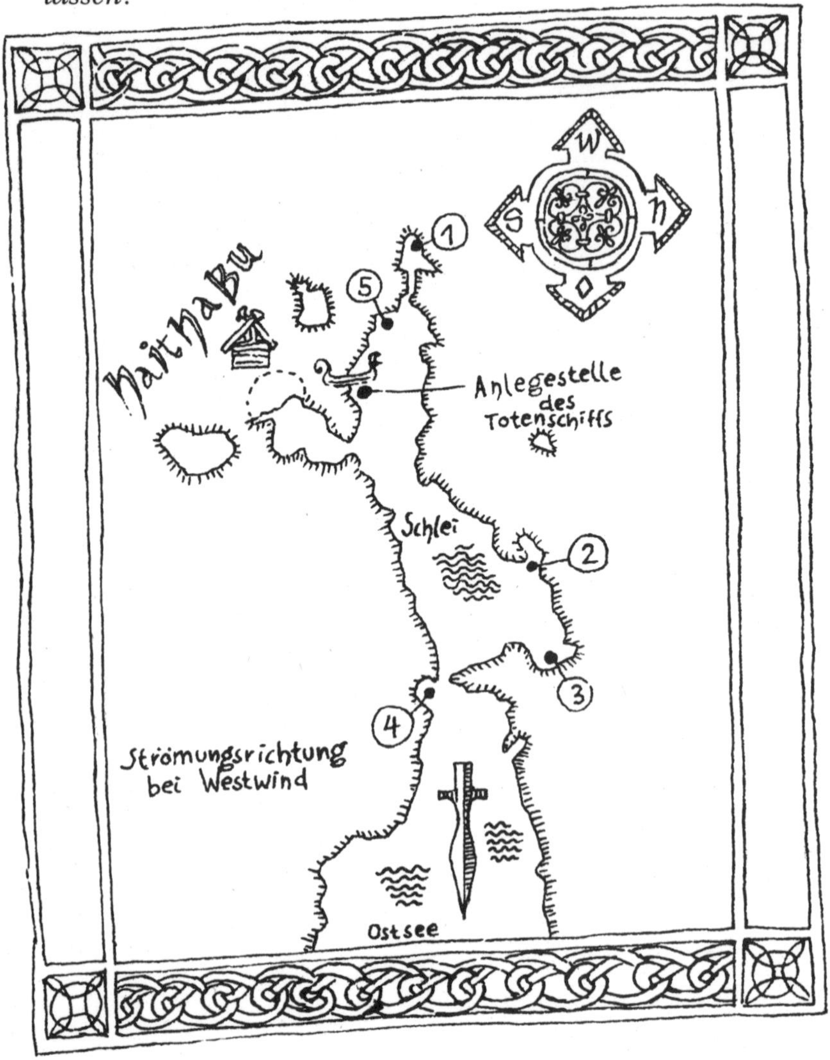

Das Schiff war nach dem achtbeinigen Pferd, auf dem Odin, der höchste Gott der Wikinger, zu reiten pflegte, benannt. Ein größeres Schiff wäre in den engen Buchten der Schlei nicht zu manövrieren gewesen. Außerdem hätte man viel mehr Männer gebraucht, um es rudern zu können.

Als alle Vorbereitungen getroffen waren, kam Solveig den Steg hinabgelaufen. »Lasst mich auch mit!«, bat sie.

Wulfhir sah sie zweifelnd an. »Mädchen haben auf Schiffen nichts zu suchen.«

»Auf den Schiffen, mit denen Erik der Rote nach Grönland segelte, schon!«, widersprach Sven anstelle seiner Schwester.

»Hat euch das Trygvar erzählt?« Es war Wulfhir deutlich anzumerken, dass er den Einwurf seines Sohnes nicht schätzte.

»Ja.«

»Aber das kann man nicht vergleichen. Erik der Rote wurde verbannt und musste mit all seinen Leuten auswandern«, gab Wulfhir zurück. Er warf Sven einen unwilligen Blick zu, aber dann wandte er sich an Solveig: »Soll mir alles gleichgültig sein! Komm mit an Bord! Wer weiß schon, von wem meine Schiffbauwerkstatt einst weitergeführt wird, wenn mein Sohn sich tatsächlich zu etwas anderem berufen fühlt!«

Solveig ging an Bord und Sven half Gunnar und Ake, die bereits begonnen hatten, das Segel hochzuziehen. Dank des Westwinds war es möglich, bei seitlichem Wind die Ausfahrt der Bucht von Haithabu zu passieren, ohne dass ein Ruder zur Hand genommen werden musste.

Als sie gerade lossegeln wollten, kam Trygvar zum Steg. »Ich habe die Hafenwachen befragt!«, rief er Wulfhir zu. »In der Nacht ist kein Schiff ausgelaufen, da sind sie sich absolut sicher!«

»Das bedeutet, dass das Totenschiff wirklich nicht von hier fortgeschleppt wurde!«, stellte Wulfhir fest. »Die Diebe haben sich offenbar einfach mit der Strömung treiben lassen!«

Er blickte Gunnar an. Und der setzte den Gedanken fort: »… Und da der Wind im Moment aus Westen kommt und das Wasser Richtung Ostsee drückt, brauchen wir uns auch gar nicht damit aufzuhalten, die Buchten und Landeplätze im Westen abzusuchen.«

»So ist es!«

Sven beugte sein Gesicht während des Gesprächs tief über ein Tau. Gunnar spürte, dass ihm die Anerkennung des Vaters für den neuen Lehrling missfiel.

Das Schiff legte ab. Die Schnigge fuhr mit seitlichem Wind auf die enge Ausfahrt der Bucht zu. Wulfhir selbst übernahm das Steuer.

»Die Halunken werden sich sicher ein gutes Versteck zum Ausladen ausgesucht haben. Die Auswahl ist hier ja groß!«, ließ sich Hrolf Haakansons tiefe Stimme hören.

Er ließ seinen Blick über das unübersichtliche Ufer schweifen und wandte sich an Wulfhir. »Kennst du ein paar Stellen, die geeignet wären? Das Ufer darf nicht zu flach sein, sonst bleibt das Totenschiff auf Grund liegen und ist kaum noch weiterzubewegen!«

»Mir fallen da schon ein paar Orte ein!«, murmelte Wulfhir grimmig.

»Mir auch!«, sagten Solveig und Sven wie aus einem Mund.

Wulfhir sah seine Kinder erstaunt an. »Euch?«, wunderte er sich.

»Ja, wir waren doch im letzten Sommer des Öfteren mit einem der kleinen Boote unterwegs.«

Wulfhir nickte. »Das stimmt. Aber eigentlich deswegen, um meine Botschaften zu den Wikingerhöfen entlang der Schlei zu überbringen, und nicht, um irgendwelche Buchten zu erforschen!«

»Wir sind manchmal nicht auf direktem Weg gesegelt«, gab Solveig zu. »Aber das lag an den Windverhältnissen!«

Wulfhir lachte herzhaft.

»Um eine gute Ausrede bist du jedenfalls nicht verlegen!«

Die SLEIPNIR hatte unterdessen die Ausfahrt der Bucht erreicht. Bei einem Blick zurück bemerkte Gunnar, dass sich zwei weitere Schiffe aus dem Hafen von Haithabu auf den Weg gemacht hatten und Wulfhirs Schiff folgten.

»Einen Mann zu berauben ist eine Sache«, begann da Wulfhir, während er scharf das Ufer im Auge behielt. »Aber einen Toten zu berauben, der sich nicht mehr wehren kann, das ist wirklich schändlich. Jeder sollte vor denjenigen ausspucken, die das getan haben! Als er noch lebte, haben sie es nicht gewagt, Jarl Helge gegenüberzutreten! Da waren sie zu feige.«

Gunnar hörte aufmerksam zu. Offenbar war Helge zu Lebzeiten nicht unumstritten gewesen. Gunnar musste an den Mann mit dem Amulett denken, der so abfällig über Jarl Helge gesprochen hatte, als das Totenschiff zu Wasser gelassen worden war.

»Wer immer das getan hat, muss den alten Jarl sehr gehasst haben«, sagte Solveig leise. »Man nimmt doch einem ruhmreichen Krieger nicht die Möglichkeit, würdig nach Walhall zu fahren!«

»Komm mal mit«, sagte Gunnar und Solveig folgte ihm zum Bug. Dort stand Sven. Auch er beobachtete das Ufer aufmerksam.

»Was ist los?«, fragte Solveig.

»Erinnerst du dich an den Reiter gestern?«

»Ja, entweder er oder sein Pferd oder beide müssen blind gewesen sein, so wie er uns beinahe über den Haufen geritten hat!«

Sven sah sie fragend an.

Gunnar fuhr erklärend fort: »Ich hab den Kerl schon früher einmal erlebt. Er war mit mir auf der GÖTTERWIND, die mich und Hrolf aus dem Meer gefischt hat. Damals hat er sich auffallend abfällig über den alten Jarl geäußert. Er schien Helge Helgeson einfach nicht zu mögen – davon abgesehen war er offensichtlich auch nicht besonders glücklich darüber, dass dein Vater sein Nachfolger wurde.«

»Meinst du, der Kerl hat etwas mit dem verschwundenen Totenschiff zu tun?«

Gunnar zuckte mit den Schultern. »Das weiß ich nicht. Jedenfalls war er gestern Nacht in der Nähe der Anlegestelle.«

»Wahrscheinlich war er als Wächter eingeteilt, wie viele andere Männer aus Haithabu!«, überlegte Sven. »Und wenn Jarl Helge jetzt nach seinem Tod auch von vielen gelobt wird – er hat sich in all den Jahren, in denen er Jarl war, nicht nur Freunde gemacht, das könnt ihr mir glauben.«

Gunnar kratzte sich am Hinterkopf. »Es war ja nur so ein Gedanke.«

Die SLEIPNIR pflügte mit guter Fahrt durch das Wasser der Schlei. Wulfhir hielt das Schiff so weit in Ufernähe, dass man einen guten Blick auf die vielen kleinen Buchten hatte.

Da das Totenschiff weder Mast noch Segel besaß, war es ziemlich flach, und es war ein Leichtes, es irgendwo am Ufer zu verstecken.

»Die Diebe hatten die ganze Nacht Zeit«, sagte Gunnar. »Es kann durchaus sein, dass sie es bis zur Mündung geschafft haben.«

»Und dort hat dann ein anderes Schiff gewartet, um die Beute in Empfang zu nehmen?«, spann Solveig den Gedanken fort.

»Wäre doch möglich.«

»Mal den Teufel nicht an die Wand, Gunnar!«

Gunnar runzelte die Stirn. »Den Teufel?«

»Das sagen die Christen so. Man soll das Unglück nicht heraufbeschwören, indem man es benennt!« Sie seufzte. »Was glaubst du wohl, was das alles nach sich zieht …«

Sven ließ die beiden allein und wandte sich an seinen Vater. Offenbar wollte er beweisen, dass nicht nur Gunnar ein guter Beobachter war. Er streckte den Arm aus und zeigte Richung Ufer.

»Dort drüben ist eine Bucht, die man von hier aus nicht einsehen kann!«, behauptete er.

Wulfhir musterte seinen Sohn überrascht, kniff die Augen zusammen und blickte angestrengt zum Ufer. »Ich sehe nichts.«

»Man denkt, da sei nichts«, beharrte Sven. »Aber in Wirklichkeit ist dort eine gut versteckte Einfahrt, die die Diebe des Totenschiffs mit der Strömung nehmen konnten!«

»Wenn die Diebe nun aber doch Richtung Mündung gefahren sind, wird es uns ziemlich viel Zeit kosten, die Bucht abzusuchen!«, wandte Hrolf Haakanson ein.

»Aber der Junge hat vielleicht recht«, gestand Wulfhir zu. »Die Bucht wäre ideal – jedenfalls, wenn man ein Schiff hat, das nur mit der Strömung treibt. Wir sehen uns die Bucht also an!«

Über Svens Gesicht zog ein stolzes Lächeln. Er freute sich sichtlich über die Anerkennung des Vaters, die ihm selten genug zuteil wurde.

Als Wulfhir sich suchend umblickte, sah er, dass eins der beiden anderen Schiffe aus Haithabu bis auf hundert

Schiffslängen an sie herangekommen war. »Sollen die anderen uns ruhig überholen und sich an der Schleimündung umsehen!«, entschied er.

Sie mussten bis auf wenige Schiffslängen ans Ufer heranfahren. Erst von dort konnte man die Einfahrt zur Bucht erkennen. Weit ins Wasser hineinragende Schilfinseln erweckten immer wieder den Eindruck, dass man sich schon der Uferböschung näherte. Aber schließlich fanden sie eine schmale versteckte Einfahrt.

Der Fluch

Gunnar stand am Bug und blickte nach vorn. Er konnte es kaum erwarten, endlich zu sehen, was sich hinter den weit ins Wasser hineinragenden Schilfbänken verbarg. Das Geräusch, das die Ruderer verursachten, scheuchte ein paar Wasservögel auf. Sonst war es still. Die Gegend schien einsam und menschenleer. Doch dann schrie Sven vor Überraschung auf. Gunnar sah zunächst nur die Ruderstange auf Steuerbord über das Schilf ragen, aber es war ihm sofort klar, dass sie am Ziel sein mussten. Schließlich tauchte auch ein leuchtend bemalter Drachenkopf hinter ein paar Sträuchern am Ufer auf. Die Spitze des Totenschiffs war an Land gezogen worden.

Sven suchte den Blick des Vaters und der nickte ihm anerkennend zu.

Die SLEIPNIR legte ganz in der Nähe an.

Sven bekam von Hrolf Haakanson ein Seil in die Hand gedrückt, kletterte neben dem Drachenkopf am Bug auf die Reling und sprang als Erster an Land. Dort hielt er das Seil fest und zog, so fest er konnte. Hrolf Haakanson sprang als Zweiter und half ihm. Da das Wasser bis in Ufernähe recht tief war, ging die SLEIPNIR nicht auf Grund, sondern ließ sich verhältnismäßig leicht an die Uferböschung ziehen. Als das Schiff längsseitig am Ufer lag, sprangen die Männer einer nach dem anderen an Land.

Das Schiff war schnell festgemacht.

Wenig später standen Gunnar, Solveig und Sven vor dem Totenschiff. Wulfhir, Hrolf, Ake und die anderen folgten ihnen.

Ein einziger Blick ins Innere genügte, um zu begreifen, was geschehen war.

»Die haben alles geplündert!«, stellte Hrolf Haakanson grimmig fest. »Die Felle, den Schmuck aus Silber, die Walrosszähne mit den Schnitzereien.«

Während Wulfhir und seine Leute feststellten, was alles fehlte, war Gunnar vorsichtig um das Schiff herum gegangen.

Plötzlich stockte ihm der Atem. Er winkte Solveig und Sven, ihm zu folgen.

Schließlich deutete er auf eine Reihe von Runen, die von außen in das Holz des Schiffes geritzt worden waren.

»Die waren doch noch nicht da, als das Schiff zu Wasser gelassen wurde, oder?«, fragte er.

Sven und Solveig schüttelten den Kopf. Die Zeichen waren zweifelsohne neu.

»Was hat das zu bedeuten?«

Solveig versuchte den Lautwert der Runen zusammenzuziehen, geriet aber immer wieder ins Stocken.

Offenbar hatte sie in letzter Zeit tatsächlich nicht häufig genug geübt.

»Ich weiß, was da steht!«, sagte Sven in diesem Moment ruhig und selbstsicher. Im Runenlesen machte ihm keiner etwas vor. Das konnte er besser als die meisten Erwachsenen in Haithabu – von Trygvar abgesehen. Er begann die Runen zusammenzuziehen und laut vorzulesen. Weil es nicht für jeden Laut eine Rune gab, war es gar nicht so einfach, die Botschaft zu entschlüsseln.

Was bedeuten die Runenzeichen? Als Hilfestellung findet sich eine Tabelle der Runenzeichen auf Seite 156.

Inzwischen waren die Männer den Kindern um das Schiff gefolgt.

»Jemand will uns offensichtlich mit Magie an der Verfolgung der Täter hindern«, stellte Solveig fest, nachdem Sven geendet hatte.

Sven nickte. »Ja, und dieser Jemand scheint den alten Jarl von Haithabu genauso zu hassen wie den neuen!«

»Du meinst, es ging nicht nur um die Kostbarkeiten, die sich an Bord befanden?«

»Genau das.«

Inzwischen waren Ake sowie Wulfhir mit seinen Männern den Kindern um das Schiff gefolgt. Aufgeregt berichteten Gunnar und die Geschwister von ihrem Fund. Wulfhir starrte einen Moment lang schweigend auf die Zeichen, dann ließ er seinen Blick über die Umgebung schweifen. Das Gelände war flach. Wiesen und Sträucher wechselten einander ab. Hin und wieder gab es auch eine Gruppe von Bäumen. »Wir sollten die nähere Umgebung nach Spuren absuchen!«, schlug er schließlich vor. »Vielleicht haben die Schufte irgendetwas am Ufer hinterlassen, das uns einen Hinweis geben könnte!«

»Jedenfalls sind hier eine ganze Menge Fußspuren!«, meldete sich Hrolf Haakanson zu Wort.

»Seht nach, ob es auch Huf- und Wagenspuren gibt! Dann wissen wir, dass das Diebesgut über Land weggeschafft wurde, und es würde sich lohnen, die umliegenden Höfe zu durchsuchen!«

»Der nächste Hof ist zu Fuß mindestens drei Stunden entfernt«, warf Sven ein. »Er gehört Halvar Halgrimson.

Du hast Solveig und mich im letzten Sommer zu ihm geschickt, um zu fragen, ob Halvar und seine Söhne dir beim Bau der Skaid helfen!«

Wulfhir nickte. »Ich erinnere mich. Aber ich glaube kaum, dass Halvar Halgrimson hinter dem Überfall steckt. Erstens ist er nicht klug genug, um so etwas zu planen, und zweitens ist er vor vielen Jahren als junger Mann zusammen mit Jarl Helge auf große Fahrt gegangen. Er verdankt Helge viel. Ohne die Beute von damals hätte Halvar heute wohl kaum einen so großen Hof – also, weshalb sollte einer wie er bei einer so schändlichen Sache mitmachen?«

»Wir wissen nicht, was bei diesen Kaperfahrten damals alles geschehen ist«, gab Hrolf zu bedenken.

»Jarl Helge hat doch bei jeder Gelegenheit damit geprahlt!«, warf Solveig ein.

Hrolf nickte. »Ja, aber ob das alles stimmte?«

Wulfhir runzelte die Stirn. »Willst du den alten Jarl jetzt auch noch beleidigen? Hast du am Ende gar selbst den Fluch in das Holz seines Totenschiffs geritzt?«

»Gewiss nicht!« Hrolf schüttelte den Kopf. »Mit meinen Schreibkünsten ist es nicht weit her.« Er grinste schief. »Aber Halvar ist schließlich schon über vierzig und die meisten Männer, die damals dabei waren, leben längst nicht mehr. Es könnte durchaus sein, dass seit damals noch eine Rechnung zwischen den beiden offen ist. Ein Streit, über den sie öffentlich nie gesprochen haben.«

»Alles nur Vermutungen, Hrolf!«, wehrte Wulfhir ab.

»Vergiss nicht, dass Halvar der Einzige war, der nicht gekommen ist, als König Göttrik von Dänemark nach Haithabu kam, um Helges Stellung als Jarl zu bestätigen!«

»Stimmt!«, bestätigte einer der anderen Männer. »Angeblich war Halvar Halgrimson krank, aber es gibt mehrere Männer, die ihn damals bei der Reparatur seines Fuhrwerks gesehen haben wollen.«

»Also, falls wir Spuren von Wagenrädern finden, ist Halvar verdächtig«, erklärte Wulfhir schließlich widerwillig. »Ansonsten müssen wir annehmen, dass die Beute auf ein Schiff umgeladen und weggeschafft wurde.«

»Du meinst, kein Wikinger wäre bereit, die ganzen Kisten zu Fuß zu Halvars Hof zu bringen«, grinste Hrolf.

»Und schon gar nicht Halvar! Er und seine Söhne drücken sich doch vor der Arbeit, wo es nur geht«, knurrte Wulfhir.

Solveig sah ihn erstaunt an. »Aber weshalb beschäftigst du Halvar Halgrimson und seine missratenen Söhne dann trotzdem immer wieder, wenn sie so faul sind?«

Einige der in der Nähe stehenden Männer, die diese Frage mitbekamen, lachten leise – verstummten aber sofort, als Wulfhir zu ihnen hinübersah.

»So, wie du das ausdrückst, könnte man mich für einen Narren halten, Solveig!«

»So hatte ich es nicht gemeint!«

»Das glaube ich dir. Es ist einfach so: Ich stelle Halvar und seine Söhne immer dann ein, wenn ich sonst niemanden finde, weil alle anderen Männer gerade auf großer Fahrt sind!«, stellte Wulfhir klar und zuckte die breiten Schultern. »Wie du weißt, ist das leider ziemlich häufig der Fall, und deshalb bin ich öfter auf diese Nichtsnutze angewiesen, als mir lieb ist!«

»Der Boden ist weich. Wenn hier ein Wagen benutzt worden wäre, müssten sich die Räder tief eingegraben haben«, war Sven überzeugt.

Aber so gründlich sie auch suchten, Wagenspuren fanden sie nicht.

»Also doch ein weiteres Schiff!«, murmelte Gunnar. »Habe ich mir gleich gedacht. Welcher Wikinger benutzt schon einen Wagen, wenn er einfach mit einem Schiff die Schlei hinabfahren kann und auch noch den Wind auf seiner Seite hat?«

In diesem Moment wies Solveig auf Fußabdrücke in der Nähe, die deutlich tiefer waren als die übrigen, mit denen der Boden ringsum bedeckt war und von denen längst keiner mehr sagen konnte, ob sie von Wulfhirs Männern stammten oder von den Dieben. Die Spuren führten vom Ufer weg und verloren sich schließlich, als der Boden deutlich härter wurde.

»Vielleicht konnte der Pferdewagen nur bis hierher fahren, weil er sonst eingesunken wäre!«, vermutete Gunnar aufgeregt.

Die Kinder suchten eine ganze Weile nach Wagenspuren, aber es waren beim besten Willen keine zu finden.

Dafür fand Gunnar etwas anderes. Zwischen ein paar Gräsern blinkte etwas in der Sonne.

Gunnar hob es auf. Es handelte sich um eine Kleiderspange aus Metall. Frauen benutzten Spangen, um ihre Gewänder an den Schultern zusammenzuhalten. Aber diese Spange war größer und für schweren Stoff gemacht. Für den Umhang eines Kriegers zum Beispiel. Auch das eingravierte Bild ließ das vermuten.

Es zeigte den Gott Thor mit seinem Hammer, den er über dem Kopf schwang, während er auf seinem von Ziegen gezogenen Himmelswagen stand. Wenn er damit über die Wolken fuhr, entstanden unter den Rädern Feuerspuren, die man als Blitze sehen konnte.

»Das wird ein Stück aus der Beute sein«, vermutete Gunnar.

Sven nahm ihm die Spange aus der Hand. »Zeig mal.« Aufgeregt untersuchte er das Fundstück. »Sieh dir den Hammer an!«, sagte er schließlich. »Ganz klein sind darin zwei Runen eingeritzt. Das Berkanan und das Opalan.«

Gunnar wusste, dass jede Rune außer ihrem Lautwert auch noch einen Namen hatte, der meistens irgendeinen Gegenstand bezeichnete, der mit diesem Buchstaben begann. ›Berkanan‹ bedeutete Birkenzweig oder ›junges Leben‹. ›Opalan‹ stand für ›Eigentum‹. Sven hatte offenbar im Unterricht bei Trygvar gut aufgepasst.

»Jedenfalls gibt es keinen Sinn, wenn man diese beiden Runen zusammenzieht«, sagte Solveig. »Gleichgültig, in welche Richtung.« Bei der Runenschrift war die Schreibrichtung nicht festgelegt. Man musste immer erst probieren, ob ein Text von links nach rechts oder von rechts nach links geschrieben wurde – und in der nächsten Zeile konnte es schon wieder andersherum sein.

»Könnte das der Anfang eines Namens sein?«, fragte Gunnar.

Sven zuckte mit den Schultern. »Keine Ahnung.«

»Eins ist jedenfalls seltsam«, fand Gunnar.

»Was?«

»Dass Thor seinen Hammer mit links schwingt! Auf allen Bildern und Gravuren, die ich kenne, hält er ihn rechts!«

»Dann gehörte die Spange einem Linkshänder!«, vermutete Sven. Er zuckte mit den Schultern, als die beiden anderen ihn recht erstaunt ansahen. »Das wäre doch einleuchtend! Der Gott Thor soll dem Träger der Spange Glück bringen, und wenn der Linkshänder ist, sollte auch sein Schutzgott Linkshänder sein.«

»Weiß jemand von euch, ob Jarl Helge Linkshänder war?«, fragte Gunnar.

»Nein – er hat sein Schwert immer an der *richtigen* Seite getragen«, war sich Solveig vollkommen sicher. »Aber ob diese Spange aus der Beute oder von einem der Diebe stammt, wissen wir deshalb immer noch nicht! Denn es könnte sich ja um ein Geschenk gehandelt haben, das ein linkshändiger Gefolgsmann dem Jarl auf seinem letzten Weg machen wollte! Kommt, wir zeigen die Spange meinem Vater. Vielleicht weiß der, von wem sie stammt.«

Angesichts des Fundes rief Wulfhir sofort seine Männer zusammen. Er hielt die Spange empor. »Wer von euch kann etwas darüber sagen, ob diese Spange zu den Grabbeigaben für Jarl Helge gehörte? Einige von euch haben doch dabei geholfen, alles auf das Schiff zu laden! Also strengt euren Grips mal ein bisschen an und versucht euch zu erinnern!«

Wulfhir gab Hrolf Haakanson die Spange. Dieser reichte sie kopfschüttelnd an einen der anderen Männer weiter. Er hieß Asgeir und sein Bart war so lang, dass ihn alle nur Asgeir Langbart nannten. Eine Tochter von Helge Helgeson war Asgeir Langbarts Frau, deshalb war er im Haus des alten Jarls ein und aus gegangen und hatte sich auch an den Vorbereitungen für das Begräbnis beteiligt.

»Es waren so viele ähnliche Stücke, die für das Grab des alten Jarls bestimmt waren, dass ich unmöglich sagen kann, ob diese Spange dabei war!«

»Das wäre aber wichtig, weil sie sonst vermutlich von einem der Diebe stammt und wir damit eine Spur von ihm hätten«, sagte Wulfhir. »Zumindest könnten wir den Dieb verfluchen. Falls es sich aber um ein Stück aus der Beute handelt, dann würden wir damit den toten Jarl verfluchen, denn schließlich wäre es sein Eigentum! Und das will ja wohl niemand hier.«

Zustimmendes Gemurmel antwortete Wulfhir.

»Also müssen wir vollkommen sicher sein«, stimmte Asgeir Langbart zu. »Und deswegen schlage ich vor, du fragst Trygvar!«

Wulfhir runzelte die Stirn. »Den Wanderlehrer?«, murmelte er und verzog widerwillig das Gesicht. »Wieso sollte ich Trygvar fragen?«

»Weil er die Gegenstände, die Jarl Helge mitgegeben werden sollten, allesamt überprüft hat! Schließlich sollte auf keinen Fall ein Stück mit einer Fluchinschrift unter die Grabbeigaben gelangen – und du weißt ja, dass die meisten von uns nicht so flüssig im Runenlesen sind wie Trygvar. Ich wette, der erinnert sich an das Stück, falls es dabei war!«

»Es bleibt ihm wohl nichts anderes übrig, als sich mit Trygvar zu besprechen«, flüsterte Solveig Gunnar zu. »Auch wenn er im Augenblick alles andere als gut auf ihn zu sprechen ist.«

Wulfhir knurrte irgendetwas Unverständliches vor sich hin und wandte sich dann Richtung Schiff. »Verschwenden wir hier nicht länger unsere Zeit, während die Diebe bereits Richtung Ostsee auf und davon sind.«

»Und wenn die Beute hier irgendwo in der Umgebung versteckt wurde?«, fragte Sven.

»Mein Sohn, es gibt keinen Anhaltspunkt dafür, dass es so ist. Und mal ehrlich, ich bin froh darüber, denn ich glaube, keiner von uns hätte Lust, die umliegenden Wiesen mehrere Fuß tief umzugraben, um herauszufinden, ob das Diebesgut dort irgendwo vergraben ist!«

Nachtfahrt

Wenig später waren alle wieder an Bord der SLEIPNIR. Die Männer ruderten die wendige Schnigge geschickt aus der Bucht heraus. Dann wurde das Segel gesetzt und das Schiff fuhr mit dem Wind der Ostsee entgegen.

»Bis zum Einbruch der Dunkelheit werden wir wohl brauchen, ehe wir die Mündung erreichen«, sagte Sven. »Wir haben eigentlich kaum eine Chance, die Diebe einzuholen.«

»Es sei denn, sie haben unterwegs noch einmal irgendwo angelegt«, wandte Gunnar ein, der die Hoffnung noch nicht aufgeben wollte, die Diebe zu finden.

»Um die Beute irgendwo zu verstecken? Das wäre natürlich möglich, aber es soll mir mal einer sagen, wie wir herausfinden sollen, wo dieses Versteck ist!«, erwiderte Sven.

Die Kinder setzten sich an den Bug des Schiffes. Für die meisten von Wulfhirs Männern gab es jetzt nicht viel zu tun, da der stete Westwind die SLEIPNIR vorwärtstrieb. So saßen sie auf den Ruderbänken und musterten die grasbewachsenen Ufer der Schlei mit ihren zahllosen unübersichtlichen kleinen Buchten.

Hrolf Haakanson führte jetzt das Steuerruder. Wulfhir hatte sich neben Ake auf eine der Ruderbänke niedergelassen und machte ein finsteres Gesicht.

»Warum ist er so schlechter Stimmung?«, flüsterte Gunnar Solveig zu. »Vielleicht hat ja eins der beiden anderen Schiffe aus Haithabu die Diebe längst gestellt!«

Solveig seufzte. »Das wäre zu schön, um wahr zu sein. Du darfst eins nicht vergessen, Gunnar: Mein Vater ist der Jarl. Von ihm erwartet man nicht nur, dass er die ausländischen Kaufleute schützt, die ohne den Schutz ihrer Sippe nach Haithabu kommen – er muss auch dafür sorgen, dass dieser Frevel gesühnt wird! Es würde sein Ansehen schwer beschädigen, wenn die Diebe einfach so davonkommen.«

Gunnar nickte verständnisvoll. »Aber man kann deinem Vater diesen Diebstahl doch nicht anlasten! Genauso wenig, wie man ihn dafür verantwortlich machen kann, dass die Diebe vielleicht längst mitten auf der Ostsee sind, wo sie kein noch so schnelles Schiff noch einzuholen vermag!«

»O doch, die anderen Wikinger von Haithabu werden meinem Vater genau das anlasten«, erwiderte Solveig heftig. »Sie werden sagen, dass seine Zeit als Jarl mit einem sehr schlechten Omen beginnt! Schließlich kann Jarl Helge bis auf Weiteres nicht nach Walhall, wo er ja wohl schon längst hätte eintreffen müssen – und das wiederum könnte Odin zornig machen! Schließlich muss er so lange auf die Dienste eines großen Kriegers verzichten, der es sicher verdient hätte, in der letzten Schlacht gegen die Riesen an seiner Seite zu reiten!« Sie spürte, wie Sven sie erstaunt musterte, und fuhr fort: »Ja, nicht nur du hast aufgepasst, als Trygvar uns die alten Geschichten von den Göttern erzählt hat – auch wenn ich nicht das Talent habe, sie so dramatisch wiederzugeben wie du!«

Gunnar blickte erstaunt von Solveig zu Sven. Solveig beruhigte sich ein wenig und sagte erklärend zu Gunnar: »Auch wenn es meinem Vater nicht gefällt, aber ich glaube, dass Trygvar recht hat und mein Bruder tatsächlich die Gabe der Skalden besitzt.« Ihre Stimme klang jetzt fast etwas stolz.

»Hör auf damit, Solveig!«, wehrte Sven ab.

»Wieso denn? Es ist eine Gabe der Götter! Odin selbst verleiht sie, weshalb sollte man sich ihrer schämen?« Sie dämpfte ihren Tonfall und sprach so leise, dass ihr Vater nichts davon mitbekommen konnte, zumal er sich lautstark mit Hrolf Haakanson zu unterhalten begonnen hatte. »Ich weiß, unser Vater hört das nicht gerne, aber es gibt viele Männer im Norden, die gute Schiffe bauen, aber nur wenige, die mit der Gabe des Geschichtenerzählens gesegnet wurden.«

Sven zuckte mit den Schultern. »Wie auch immer. Das Auge eines Schiffbauers habe ich jedenfalls nicht. Ob ich wirklich die Skaldengabe habe, muss sich noch erweisen.«

»Das Auge eines Schiffbauers«, murmelte Gunnar.

»Ich hoffe, dass ich es besitze, wenn ich Haithabu in ein paar Jahren verlasse und nach Holmgard zurückkehre …« Die Wikinger bauten ihre Schiffe ohne jegliche Messwerkzeuge, und so glich kein Schiff dem anderen. Abgesehen vom Augenmaß kam es dabei auf die Beschaffenheit und den Wuchs des Holzes an.

»Das wirst du schon«, erwiderte Sven. »Noch jeder, den mein Vater ausgebildet hat, konnte am Ende allein nach Augenmaß ein Schiff bauen. Nur ich werde wohl die große Ausnahme sein …«

Er blickte zu Ake hinüber, der angeregt mit seinem Vater diskutierte. Es war unschwer zu erkennen, dass Sven sich in diesem Moment wünschte, wie Ake zu sein und das Vertrauen seines Vaters zu genießen.

Die Stimmung unter den Männern wurde zusehends schlechter, was eindeutig damit zusammenhing, dass sie seit Stunden nichts gegessen hatten. Aber die SLEIPNIR war so schnell aufgebrochen, dass keinerlei Gelegenheit gewesen war, sie mit Proviant zu beladen. Nur zwei Fässer mit Trinkwasser waren an Bord, denn je nach Windrichtung und Strömung bestand das Schleiwasser entweder überwiegend aus Salz- oder aus Süßwasser. Jedenfalls konnte man sich nicht darauf verlassen, dass es genießbar war.

Zuerst knurrte den Wikingern nur der Magen, doch etwas später begannen sie sich auch gegenseitig anzuknurren. Missmutige Bemerkungen fielen und einige der Männer wurden ziemlich ungeduldig.

Die Dämmerung brach bereits herein, als plötzlich

der Mast eines Schiffs hinter einer Biegung der Schlei auftauchte. Es machte fast den Anschein, als ob der Mast allein durch die Wiesen wanderte. Erst später kam das zugehörige Schiff zum Vorschein. Die Besatzung ruderte gegen den Wind und die Strömung. Das Segel war aufgerollt.

Sofort kam Bewegung unter die Männer. Handelte es sich um eins der Schiffe, die Richtung Mündung aufgebrochen waren? Hatten sie vielleicht sogar den Totenschatz an Bord?

Am Bug der voll besetzten Skaid stand ein mächtiger, breitschultriger Mann. Er trug auf dem Rücken ein Fellfutteral, aus dem eine Streitaxt herausragte. Am Gürtel hing ein breites Schwert und sein Helm hatte einen eisernen Nasenschutz.

»Das ist Halvar Halgrimson!«, rief Asgeir Langbart.

Vergessen war der Hunger. Die Männer blickten wie gebannt zu Halvars Skaid hinüber. Auch Gunnar, Solveig und Sven musterten das Schiff und seine Besatzung.

»Das ist kein Schiff, das mein Vater gebaut hat«, murmelte Solveig.

»Woran erkennst du das?«, fragte Gunnar.

»Es wird nicht lange dauern, dann wirst du das auch auf den ersten Blick sehen. Jeder Schiffbauer hat seine Eigenheiten. Zum Beispiel die Art, wie der Drachenkopf befestigt wurde!«

»In Halvars Fall soll das wohl ein Wolfskopf sein!«, widersprach Sven. »Soweit ich weiß, betrachtet er Wölfe als seine Glücksbringer.«

»Ich weiß nicht, ob ihm der Wolfskopf diesmal Glück gebracht hat!«, erwiderte Solveig.

»Was meinst du damit?«, fragte Gunnar.

»Vielleicht war der Verdacht doch richtig, dass Halvar mit der Sache zu tun hat. Vielleicht hat er die Beute weggeschafft, irgendwo versteckt und kehrt jetzt zu einer Bucht zurück, die in der Nähe seines Hofes liegt ...«

Die Schiffe näherten sich einander langsam. Wulfhir trat an die Reling und rief: »Ich wusste gar nicht, dass du auf große Fahrt gegangen bist, Halvar!«

Der Mann mit der Axt machte eine wegwerfende Handbewegung.

»Auch ein Jarl kann nicht über alles informiert sein!«, rief er zurück. Dabei formte er mit den Händen einen Trichter. Er hatte es nämlich schwerer als Wulfhir, weil der Wind gegen ihn war.

»Ich wusste noch nicht einmal, dass du ein Schiff besitzt!«, rief Wulfhir. »Offenbar die preiswerte Nussschale eines minderbegabten Schiffbauers! Du kannst von Glück sagen, nicht untergegangen zu sein!«

»Danke für deine Besorgnis, Wulfhir! Aber weder die Stürme im Skagerrak noch die Wellen der Nordsee konnten meine Skaid daran hindern, pfeilschnell mit dem Wind dahinzugleiten!«

Der Skagerrak war eine sturmumtoste und nicht leicht zu segelnde Meerenge, über die man von der Ostsee in die Nordsee gelangen konnte. Ein Gebiet, in das man sich nur mit guten Schiffen und guten Seeleuten hineinwagen durfte.

»Gutes Wetter und Njörds guter Wille müssen dich bewahrt haben!«, höhnte Wulfhir, den es offenbar ziemlich wurmte, dass Halvar Halgrimson sich seine Skaid nicht von ihm hatte machen lassen. »Wer hat euch dieses Wunderschiff gebaut?«

»Wir selbst!«, erklärte Halvar. »Meine Söhne und ich! Alles, was wir im Laufe der Jahre gesehen haben, wenn wir bei dir angestellt waren, haben wir angewendet! Wir kommen gerade von einer sehr erfolgreichen Kaperfahrt an der englischen Küste heim und sind mehr als zufrieden! Wer weiß, vielleicht werden wir auch bald Schiffe für andere bauen!«

Wulfhirs Gesicht lief dunkelrot an. »Dieser Hundesohn!«, murmelte er düster.

»Du hättest unsere Bitte, mich und meine Söhne anzustellen, beim letzten Mal nicht abschlagen sollen, Wulfhir!«, hörte er Halvar sagen, woraufhin die Besatzung seines Schiffes in Gelächter ausbrach. »Jetzt bauen wir uns unsere Schiffe selbst!«

»Damit bestrafst du nicht mich, Halvar – sondern alle, die bei dir ein Schiff erwerben, und dich selbst, wenn du töricht genug bist, dich auf dieser Nussschale auf den Ozean zu wagen!«

Jetzt waren es Wulfhirs Männer, die in lautes Gelächter ausbrachen.

»Das wird böse enden«, murmelte Solveig an Gunnar gewandt. »Am Ende gibt es hier noch eine Keilerei von Schiff zu Schiff, nur weil sich irgendwer beleidigt fühlt!«

Sven war unterdessen auf die Reling geklettert, um besser sehen zu können. Während er mit den Füßen auf der Holzkante stand, hielt er sich mit der rechten Hand am Drachenkopf fest.

»Ich sehe viel zu wenig Wasserfässer und Proviant für eine weite Seefahrt«, stellte er so laut fest, dass es sein Vater hören konnte.

»Der Junge hat recht!«, stimmte Hrolf Haakanson zu. »Für mich sieht das auch nicht so aus, als wären Halvar Halgrimson und seine Männer wirklich auf hoher See gewesen und hätten sich durch rechtmäßigen Raub ein paar Reichtümer in England erworben!«

»Raub war es vielleicht schon, was diese Hundesöhne getan haben – nur nicht rechtmäßig und auch nicht in England, sondern vielleicht eher an einem Anlegeplatz bei Haithabu!«, knurrte Wulfhir.

Die Stimmung unter Wulfhirs Männern heizte sich auf. Hier und da legten sich die ersten Hände um Schwertgriffe.

Wulfhir zog seine Klinge hervor und deutete damit in Halvars Schiff. »Da sind ein paar Kisten! Kraft meines Amtes als Jarl will ich sehen, was darin ist!«

»Das gehört nicht zu deinen Befugnissen!«, widersprach Halvar Halgrimson. »Du hast nicht das Recht, so etwas von mir zu verlangen! Es sei denn, du legst es auf einen Schwertkampf mit mir an!«

Zu Solveigs Entsetzen schien ihr Vater tatsächlich mit diesem Gedanken zu spielen.

Aber er besann sich eines Besseren und sagte: »Ihr

werdet von dem gestohlenen Totenschiff des alten Jarls gehört haben!«

»Natürlich haben wir das!«, bestätigte Halvar. »Schließlich haben wir die anderen Schiffe aus Haithabu getroffen! Sie hatten übrigens dasselbe Ansinnen. Wir haben ihnen bereits den Inhalt der Kisten gezeigt. Ich finde, das war bereits mehr als ein Entgegenkommen.«

Doch Wulfhir ließ sich nicht umstimmen. »Ich werde persönlich an Bord kommen und mir den Inhalt der Kisten ansehen!«, kündigte er an. »Und den will ich sehen, der versucht, mich daran zu hindern!«

»Komm nur und trau dich!«, rief jetzt der älteste von Halvars Söhnen.

Halvar bedeutete ihm mit einer Handbewegung zu schweigen. »Sei still!«, knurrte er. Er wandte sich wieder an Wulfhir. »Gut, wir werden euch den Inhalt zeigen, während wir längsseits an eurer Schnigge vorbeiziehen. Aber es kommt mir niemand an Bord!«

»Ein Kampf bringt keiner Seite etwas«, murmelte Solveig an Gunnar gewandt. Aber sie wusste genau, dass es völlig sinnlos war, ihrem Vater etwas raten zu wollen. So schwer es ihr auch fiel, sie durfte sich nicht einmischen. Das hätte Wulfhir noch mehr in Zugzwang gebracht. Schließlich hätten sich Halvar Halgrimsons Männer dann darüber lustig machen können, dass Wulfhir auf den Rat eines Kindes hörte. Das war vollkommen ausgeschlossen.

Sie konnten also nur hoffen, dass sich die Situation von allein entspannte.

Wulfhir oder Halvar – einer von beiden musste nachgeben.

Zwar verfügte Halvar im Augenblick über das größere Schiff und mehr Männer, aber Wulfhir war der Jarl. Und das bedeutete, dass er das Vertrauen des Königs besaß.

So hielt Halvar es wohl für unklug, es sich mit Wulfhir endgültig zu verscherzen, und gab nach. Er wartete Wulfhirs Antwort gar nicht erst ab, sondern wies seine Männer an, die Kisten zu öffnen, sodass man von Wulfhirs Schiff aus hineinsehen konnte.

Sie waren leer.

Wulfhirs Kinnladen klappten nach unten, während Halvars Schiff dicht an der SLEIPNIR vorbeizog.

»Glaubst du mir jetzt?«, rief Halvar höhnisch grinsend.

»So war deine Geschichte von deinem Raubzug nach England nur Gerede?«

»Keineswegs! Aber wir hatten bereits das Glück, jemanden gefunden zu haben, der uns die Ware abkaufte, lange bevor wir die Schleimündung erreichten!«

»Der lügt doch, wenn er den Mund aufmacht«, sagte Sven leise zu Solveig.

»Vermutlich war der Kerl nie in England und will sich nur mit seiner angeblichen Plünderfahrt großtun!«, stimmte Solveig zu.

»Aber die Kisten sind leer – und das ist das Entscheidende«, gab Gunnar zu bedenken.

Halvars Schiff entfernte sich bereits. Die Besatzung ruderte kräftig und war gut in Fahrt.

Wulfhir wusste, dass er die Skaid nicht mehr entern konnte. Dazu hätte er wenden und ihr mit seinen Männern gegen den Wind hinterherrudern müssen. Halvars Vorsprung hätte sich bis dahin so sehr vergrößert, dass jede Verfolgung sinnlos geworden wäre.

»Und noch etwas will ich dir sagen! Der alte Jarl war ein Feigling und Betrüger, der es nicht verdient, bei Odin in Walhall zu sitzen!«, rief Halvar nun – aus sicherer Entfernung. »Bei unseren Fahrten damals hat er mich um meinen Anteil an der Beute betrogen! Darum soll es mir recht sein, wenn die Würmer seinen Leichnam holen, bevor sein Totenschiff auf die Reise geht!«

»Die Götter hören, was du sagst!«, gab Wulfhir wütend zurück.

»Das ist mir gleichgültig! Hauptsache, du hast gehört, was ich gesagt habe, Jarl Wulfhir!«

Sein schallendes Lachen mischte sich mit dem Gelächter seiner Männer, während sich ihr Schiff immer weiter entfernte.

Die Stunden vergingen. Es wurde dunkel, und Gunnar und den beiden Geschwistern blieb nichts anderes übrig, als sich die Zeit schlafend zu vertreiben. Plötzlich wurden sie von lauten Rufen geweckt. Ein Schiff glitt in der Dunkelheit an der SLEIPNIR vorbei.

Sie hörten Wulfhir mit dem Kapitän sprechen. Gunnar erkannte, dass es einer der Männer aus Haithabu war, die Wulfhir mit ihren Schiffen gefolgt waren und ihn schließlich auf dem Weg Richtung Ostsee überholt hatten.

Kurz darauf kam der Befehl zum Wenden. Offenbar war die Suche der anderen nach dem verschollenen Schatz ergebnislos geblieben.

Erst am Nachmittag des folgenden Tages kehrte die SLEIPNIR nach Haithabu zurück. In ihrem Schlepptau zog sie das Totenschiff.

Das Eintreffen des geplünderten Schiffes ließ sogleich viele Menschen im Hafen zusammenströmen. Doch Wulfhir und seine Leute waren müde und zerstreuten sich wortkarg in Richtung ihrer Häuser.

Daheim ließ Wulfhir sogleich nach Trygvar Snörrisson rufen.

»*Du* brauchst meine Dienste, Jarl?« Die Stimme des eintretenden Wanderlehrers war klar und ruhig, dennoch war die feine Ironie in seinen Worten nicht zu überhören.

Wulfhir reichte ihm die Spange, ohne auf Trygvars Anspielung einzugehen. »Ich muss wissen, ob dieses Stück zu den Dingen gehörte, die Jarl Helge mit nach Walhall nehmen sollte!«, erklärte er.

Trygvar verschwand, um kurze Zeit später mit einer merkwürdigen Rolle in der Hand zurückzukehren.

»Ich habe ein Verzeichnis aller Schmuckstücke angefertigt. Damit wird sich deine Frage zweifelsfrei beantworten lassen. Aber du musst dich etwas gedulden.«

»Natürlich!«, sagte Wulfhir ungewohnt friedfertig.

Der Wanderlehrer zog sich in eine Ecke des Langhauses zurück. Gunnar, Solveig und Sven, die inzwischen etwas gegessen hatten, gesellten sich neugierig zu ihm.

Trygvar löste vorsichtig das Band, das die Rolle zusammenhielt. Hervor kamen mehrere Blätter. Mindestens ein Dutzend. Sie waren bis zur letzten Ecke mit Zeichnungen bedeckt.

»Hast du das angefertigt?«, fragte Sven voller Bewunderung.

Trygvar nickte. »Ja, für Jarl Helge soll es ja einen Runenstein geben, der für immer seine Heldentaten festhalten wird. Außerdem war es der Wunsch seiner Familie, dass man wissen soll, mit welcher Pracht er nach Walhall fuhr. Deswegen sollen dort sämtliche Schmuckstücke, Waffen und andere Grabbeigaben verzeichnet werden, die an Bord des Totenschiffs die Reise zu Odin mitmachen.«

»Das … das muss doch ein riesiger Stein sein, auf dem alles Platz hat!«, entfuhr es Gunnar.

Trygvar lächelte. »Es ist ein Brocken, so hoch wie fünf Männer! Da ist Platz genug. Er steht an der Schleimündung – genau dort, wo auch das Totenschiff eingegraben werden soll.«

»Man wird aber viele Steinmetze brauchen!«, ergänzte Solveig.

»Und nur die besten!«, bekräftigte Trygvar. »Nur so ist der Aufwand zu rechtfertigen, alle Stücke hier zu verzeichnen.« Er strich vorsichtig über die Bögen vor sich. »Aber das Schwierigste an der Arbeit waren nicht die Zeichnungen.«

Die Kinder sahen ihn erstaunt an. »Was denn dann?«, fragte Gunnar.

»Das Schwierigste war es, das Pergament zu besorgen. Schließlich ist es hier oben im Norden völlig unüblich, darauf zu schreiben. Runen ritzt man normalerweise nur in Stein oder Holz – aber ich wäre niemals fertig geworden, wenn ich das getan hätte.«

»Wie bist du denn an das Pergament gekommen?«, fragte Gunnar mit ehrfürchtigem Blick auf die kostbaren Bögen.

In den Augen des Wanderlehrers blitzte es. »Ihr kennt doch Pater Rimbert, den Priester des Christengottes, der versucht, so viele wie möglich von uns von seinem Glauben zu überzeugen! Die Christen schreiben ihre Bücher auf Pergament. Pater Rimbert lässt sich regelmäßig von einem Händler aus Köln Pergament liefern und hat mir etwas abgegeben. Die Familie des alten Jarls musste einiges an Silber dafür zahlen!« Trygvar nahm eines der Blätter und fuhr fort: »Hier sind alle Kleiderspangen in den verschiedensten Ausführungen zu sehen. Meine Augen sind nicht mehr so scharf wie die euren. Also werdet ihr sicherlich schneller als ich herausfinden, ob die Spange, die ihr gefunden habt, ein Teil der Beute war.«

Gehört die Spange zu dem Totenschatz?

Wulfhir in Gefahr

In den nächsten Tagen brodelte in Haithabu die Gerüchteküche. Alle, auch die ausländischen Händler, spekulierten darüber, wer hinter dem Verschwinden des Schatzes stecken könnte. Für sie war der alte Jarl – so wie jetzt sein Nachfolger Wulfhir – besonders wichtig, weil sie nicht mit ihrer ganzen Sippe in die Stadt zogen. Sie hatten niemanden außer dem Jarl, der sie schützte, und so mancher von ihnen war von Jarl Helge aus einer brenzligen Situation gerettet worden, wenn es zu einem Streit mit einem der einheimischen Wikinger gekommen war, der sogleich seine Brüder, Onkel, Cousins und andere Männer aus der Verwandtschaft zur Verstärkung herbeigeholt hatte.

Aber wenn sich die ausländischen Händler nicht mehr zum Markt nach Haithabu trauten – wer sollte dann all die Dinge kaufen, die von den Wikingern mit ihren Schiffen dorthin gebracht wurden?

Das Totenschiff lag nun am Steg von Wulfhir Erikson, aber solange die Grabbeigaben nicht wieder auftauchten, war es fraglich, wann der alte Jarl endlich zu Grabe getragen werden konnte. Die gestohlenen Wertgegenstände auf die Schnelle zu ersetzen, war selbst für die überaus reiche Familie des alten Jarls unmöglich. Andererseits konnte man den Toten aber auch nicht ewig in seinem Haus aufgebahrt lassen.

Der Druck auf den neuen Jarl wuchs von Tag zu Tag. Wulfhirs Schiffbaubetrieb kam mehr oder minder zum Stillstand, denn der neue Jarl hatte jetzt alles mögliche andere zu tun. Vor allem musste er die Fragen neugieriger Wikinger beantworten. Was sollte nun geschehen? Wer stand im Verdacht, das Totenschiff geplündert zu haben?

Einige verlangten, dass ein Thing, die Versammlung freier Männer, einberufen werden sollte. Dort wurde über alles Wichtige abgestimmt. Außerdem hielt man dort Prozesse ab und fällte Gerichtsurteile. Der Jarl hatte dort nur eine Stimme wie jeder andere auch.

Schließlich gab Wulfhir dem Drängen nach und berief die Versammlung ein. Aber da das Thing erst vorbereitet werden musste, konnte der Schiffbauer auch in den nächsten Tagen nicht daran denken, die Arbeit an dem gerade angefangenen Schiff fortzusetzen.

Für Gunnar hatte das die angenehme Nebenwirkung, dass er im Moment viel Zeit hatte. Zusammen mit Ake, Sven und Solveig besuchte er Trygvars Unterricht, aber ansonsten blieb ihnen viel Gelegenheit, sich Gedanken über den Verbleib des Schatzes zu machen. Immer wieder gingen sie die Anhaltspunkte durch, die sie hatten.

»Wir wissen, dass einer der Diebe ein Linkshänder

war«, stellte Gunnar fest, als sie gemeinsam mit Blick auf das Totenschiff an Wulfhirs Steg saßen. »Schließlich gehörte die Spange mit dem linkshändigen Thor eindeutig nicht zur Beute, sondern muss von einem der Räuber stammen.«

»Aber wer sagt uns, dass diese Spange tatsächlich für den Dieb gefertigt wurde?«, gab Sven zu bedenken. »Er könnte das Stück doch jemand anderem gestohlen haben und selbst Rechtshänder sein.«

»Aber würde ihm die Spange dann Glück bringen?«, fragte Solveig.

Gunnar zuckte die Schultern. »Zumindest würde sie seinen Umhang zusammenhalten – und das hat dem Kerl in dem Fall vielleicht schon gereicht. Du hast recht, Sven – wir sind noch kein Stück weiter.«

Gunnar wandte sich an Solveig. »Erinnerst du dich an den Mann, der uns in der Nacht, als das Totenschiff gestohlen wurde, fast über den Haufen geritten hätte?«

»Natürlich! Wie könnte ich den vergessen!«, erwiderte sie und strich sich dabei ein paar Haarsträhnen aus dem Gesicht.

»Auf der GÖTTERWIND ist er mir wegen seines Thor-Amuletts aufgefallen. Zu blöd, dass ich mich nicht mehr erinnere, ob sein Thor vielleicht den Hammer auch mit links hielt. Wenn ich ihn nur …«

»Jetzt willst du ihn hier suchen, nicht wahr?«, hakte Solveig nach.

Gunnar zuckte mit den Schultern. »Könnte doch sein, dass er noch in Haithabu ist.«

Solveig seufzte und schüttelte schließlich den Kopf. »Eine Spur würde ich so etwas nicht nennen! Aber vielleicht ist es besser, als gar nichts zu unternehmen.«

Kurze Zeit später kämpften sie sich durch das dichte Markttreiben. Aber so intensiv sie auch schauten, der Unbekannte lief ihnen nicht über den Weg. Mutlos machten sie sich schließlich auf den Heimweg.

Vor Wulfhirs Haus erwartete sie eine Überraschung: Mindestens fünfzig Männer hatten sich dort versammelt.

Auch Trygvar befand sich darunter.

»Es reicht dir nicht, mir meinen Sohn zu nehmen, indem du ihm einredest, er müsse unbedingt Skalde werden – nein, jetzt willst du mir auch noch die Ehre rauben, elender Wanderlehrer!«, dröhnte Wulfhirs Stimme.

Astrid Olafstochter stand neben ihrem Mann und hatte die Arme vor der Brust verschränkt. Der Zorn stand auch ihr ins Gesicht geschrieben.

»Unsere Gastfreundschaft hast du gerne genossen, Trygvar! Und meine Mahlzeiten scheinen dir ja auch geschmeckt zu haben! Jedenfalls kann ich mich an mangelnden Appetit bei dir nicht erinnern! Und jetzt beschuldigst du meinen Mann eines schlimmen Verbrechens! Das ist doch wohl nicht möglich!«

Einige Augenblicke lang war danach gar nichts mehr zu verstehen, denn es wurde laut durcheinandergeredet.

»Was mag geschehen sein?«, fragte Solveig bestürzt.

»Keine Ahnung«, murmelte Gunnar.

»Auf jeden Fall muss es sehr ernst sein«, sagte Sven

und drängte sich zwischen die Erwachsenen neben Ake, der mitten in der Gruppe stand.

Schließlich schaffte es Trygvar, sich stimmlich durchzusetzen. Er hielt eine Spange hoch. »Diese Spange fand ich in deinem Haus, Wulfhir! Ich kann nicht so tun, als hätte ich sie übersehen! Die Gravur zeigt Odin mit seinem achtbeinigen Pferd Sleipnir. Auf den Schultern des einäugigen Gottes sitzen die Raben Hugin und Munin. Ich erinnere mich genau an dieses Motiv – und die Tatsache, dass es in deinem Haus gefunden wurde, lässt leider im Moment nur einen Schluss zu …« Er machte eine Pause und blickte sich in der Runde um. »Diese Spange ist ein Stück aus dem Totenschatz! Das steht fest!«

Wo ist Trygvar auf die Spange gestoßen?

»Dass die Spange zum Schatz des Verstorbenen gehört, heißt aber noch lange nicht, dass mein Mann sie gestohlen hat!«, rief Astrid Olafstochter resolut dazwischen.

»Lässt der Jarl von Haithabu sich jetzt schon von seiner Frau verteidigen, weil es ihm vor Scham die Sprache verschlagen hat?«, rief einer der Männer und erntete dafür lautes Gelächter, aber auch wütenden Widerspruch.

»Jarl Wulfhir würde niemals so einen Frevel begehen!«, rief Hrolf Haakanson. Doch seine Stimme ging unter.

»Wulfhir konnte es ja kaum abwarten, Helges Nachfolger als Jarl zu werden – offenbar wollte er auch noch den toten Helge um sein Eigentum bringen!«, meinte einer der Männer.

»Kein Wunder!«, fügte ein anderer hinzu. »Schließlich ist ihm vor Kurzem ein Schiff untergegangen, da ist das Silber bei ihm sicher knapp!«

»Schluss jetzt!«, rief Trygvar. »Allein die Versammlung des Thing kann ein Urteil fällen!«

Allgemeine Zustimmung war die Antwort. In wenigen Tagen würden sie mehr wissen.

Als die Männer auseinandergegangen waren, polterte Wulfhir wutentbrannt ins Haus. Die Kinder und seine Frau folgten ihm schweigend.

»Unser Vater hat doch nichts mit dem Diebstahl zu tun!«, wandte sich Solveig an ihre Mutter.

»Das wissen wir alle, weil wir ihn kennen«, sagte

Astrid. »Aber es ist nun mal so, dass Trygvar in unserem Haus diese Spange gefunden hat. Ich war dabei. Sie lag einfach so da, fast von Sand überdeckt zwischen ein paar Strohsäcken, sodass sie erst gar nicht auffiel …«

»Könnte es nicht sein, dass jemand anderes diese Spange in euer Haus gelegt hat, damit der Verdacht auf deinen Mann fällt?«, mischte sich Gunnar ein.

Astrid Olafstochter hob die Augenbrauen und sah Gunnar an. »Wie sollte man das beweisen? Ich fürchte, das Thing wird glauben, dass mein Mann etwas mit dem Diebstahl zu tun hat – und dann wird man ihn verurteilen.« Astrids Gesicht wurde ernst. Ihre Stimme klang belegt, als sie weitersprach. »Wisst ihr, was das bedeuten kann?«

»Nein«, flüsterte Solveig.

»Meinst du, wir werden verbannt?«, fragte Sven.

Astrid nickte. »Die Plünderung eines Totenschiffs ist keine Kleinigkeit! Ein Verbrechen, das sich sowohl gegen den toten Jarl und seine Familie als auch gegen die Götter selbst richtet. Vor allem gegen Odin! Und etwas gegen den Willen der Götter zu tun bedeutet, Unglück auf alle herabzubeschwören, die sich in der Nähe dieses Unglücksraben befinden.« Tränen glitzerten in Astrids Augen. »Wir werden alles verlieren! Nur was auf unser Schiff geschafft werden kann, werden wir mitnehmen können – und du, Gunnar, wirst dir jemand anderen suchen müssen, der dir beibringt, wie man Schniggen, Skaids und Drachen baut!«

Der geheimnisvolle Mann

Bis das Thing tagen konnte, würden noch ein paar Tage vergehen. So lange würde es dauern, bis alle stimmberechtigten freien Männer benachrichtigt waren – und da zu dieser Versammlung nicht nur die Männer aus Haithabu selbst, sondern auch aus der Umgebung kamen, musste man erst Knechte von Hof zu Hof schicken, damit alle informiert waren.

»Wenigstens einen kleinen Aufschub haben wir dadurch«, seufzte Sven, als er am nächsten Tag zusammen mit Gunnar über den Markt streifte. Da nach wie vor nicht weiter an dem neuen Schiff gebaut wurde, gab es für die beiden Jungen nichts zu tun. Der Unterricht bei Trygvar Snörrisson fiel auch aus, denn Wulfhir hatte ihm verboten, sein Haus zu betreten. Gunnar und Sven scheuten es, daheimzubleiben, denn die gereizte Stimmung des neuen Jarls war nur schwer zu ertragen. Wenn sie nur wüssten, wie sie den Verdacht von Wulfhir abwenden könnten! Solveig hatte es weniger gut als die beiden. Ihre Mutter brauchte ihre Hilfe im Haus, sodass sie nicht mit den Jungen zum Markt durfte.

»Weißt du, worüber ich die ganze Zeit nachdenke?«, fragte Gunnar.

Sven schüttelte den Kopf.

»Wer könnte ein Interesse daran haben, dass das Amulett bei euch im Haus gefunden wird? Ich hab heute Morgen jeden in eurem Haus beobachtet.«

»Wozu?«

»Ich hab überlegt, wer es versteckt haben könnte.«

»Glaubst du, dass es jemand *von uns* war?« Sven schüttelte energisch den Kopf.

»Gibt es niemanden, mit dem dein Vater in letzter Zeit Streit hatte? Vielleicht mit einem der Männer, die deinem Vater beim Schiffbau helfen«

Sven seufzte. »Überall, wo gearbeitet wird, gibt's ab und zu auch Ärger – aber ehrlich gesagt sind alle, die zur Zeit unter dem Dach meines Vaters schlafen, absolut vertrauenswürdig.«

Gunnar seufzte. »War ja nur eine Idee.«

Sie gingen weiter und beobachteten das Marktreiben ringsum. »Merkst du, wie man mich anstarrt?«, fragte Sven zornig.

»Das ist nicht zu übersehen«, gab Gunnar zu.

Sven blickte sich kurz um und fuhr dann mit kaum unterdrückter Wut fort: »Als ob *ich* an dem Diebstahl des Totenschiffs beteiligt gewesen wäre!«

Ihr Gespräch wurde von dem lauten Geschrei eines Sklavenhändlers unterbrochen. Männer, Frauen und sogar Kinder waren an Blöcke angekettet und wurden von dem Marktschreier zum Verkauf angeboten. Die meisten von ihnen waren auf Raubzügen gefangen genommen worden. Andere hatten Wikingerkapitäne in einem anderen Hafen erworben und versuchten sie nun hier als Hilfskräfte an die reicheren Bauern der Gegend zu verkaufen.

»Ich will nicht verharmlosen, was deinem Vater und eurer Familie droht«, sagte Gunnar mit Blick auf die Szene vor ihnen. »Aber es gibt Schlimmeres, als verbannt zu werden.«

»So weit kann es mit uns auch noch kommen«, sagte Sven düster.

»Das ist doch Unsinn, Sven! Du glaubst doch nicht im Ernst, dass ein Mann wie dein Vater sich einfach so gefangen nehmen ließe! Ich denke, jeder, der es versucht, wird es schnell bereuen!«

»Gefangen genommen zu werden ist nur *ein* Weg in die Sklaverei«, antwortete Sven leise. »Es gibt viele, die gezwungen waren, zuerst ihre Familie und zuletzt sogar sich selbst in die Sklaverei zu verkaufen, weil sie hoch verschuldet waren. Mein Vater hat ein Schiff mit wertvoller Ladung verloren. Wenn man jetzt noch Schadensersatz für den gestohlenen Schatz von ihm fordert oder ihn gar verbannt, wird ihm kaum noch jemand folgen. Er wird allein dastehen und wir werden weit segeln müssen, um irgendwo von vorne anzufangen …«

Während Sven noch auf die zum Verkauf angebotenen Gefangenen starrte, zog Gunnar ihn plötzlich fort.

»Was ist denn los?«, entfuhr es Sven.

Doch Gunnar bedeutete ihm zu schweigen.

Wen hat Gunnar entdeckt?

»Siehst du den Mann da drüben?

»Ja.«

»Das ist der Kerl mit dem Amulett! Er ist gerade direkt an uns vorbeigegangen. Da hab ich es gesehen! Und weißt du, was darauf ist? Thors Hammer! Und Mjöllnir befand sich auf dem Amulett tatsächlich in Thors linker Hand!«

»Was sollen wir jetzt machen?«, fragte Sven aufgeregt.

»Na, jedenfalls können wir ihn nicht einfach fragen, ob er vielleicht eine Kleiderspange in der Nähe eines geplünderten Totenschiffs verloren hat, die zu seinem Amulett passt!«, meinte Gunnar.

»Was dann?«

»Hast du ihn schon einmal gesehen? Weißt du, was er hier will?«

»Kann sein, dass er schon einige Zeit in Haithabu ist, aber er ist mir noch nie aufgefallen, Gunnar. Und ich weiß auch nicht, für wen er arbeitet!«

»Das lässt sich aber doch vielleicht herausfinden. Los, hinterher!« Gunnar wartete Svens Antwort gar nicht erst ab, sondern drängelte sich bereits zwischen den Leuten hindurch, um den Fremden nicht zu verlieren. Der Mann mit dem Amulett hatte nämlich einen ziemlich schnellen Schritt vorgelegt.

»Was soll das bringen?«, fragte Sven, als er Gunnar eingeholt hatte.

»Keine Ahnung, aber es kann doch kein Zufall sein, dass hier zweimal Thor mit dem Hammer in der falschen Hand dargestellt wird!«

»Es gibt viele Linkshänder!«, gab Sven zu bedenken.

»Aber nicht viele, die sich so ein Amulett leisten können!«

Dann war der Mann plötzlich in dem dichten Gedränge verschwunden.

Gunnar und Sven drängelten sich zwischen den Menschen hindurch und versuchten, den Unbekannten wieder einzuholen, doch er war wie vom Erdboden verschluckt.

Plötzlich ging ein Raunen durch einen Kreis sehr eng beieinanderstehender Männer. Gunnar und Sven konnten nicht sehen, was sich hinter ihren dicht gedrängten Reihen abspielte. Das Flattern schwerer Flügel war zu hören und plötzlich erhob sich ein Jagdfalke in die Höhe. Er stieg hoch empor und kreiste über Haithabu. Gunnar und Sven drängelten sich durch die Reihen der Schaulustigen, in der Hoffnung, dass auch der Mann mit dem Amulett unter ihnen war. Und sie hatten Glück! Sein Blick war wie der der meisten gen Himmel gerichtet, wo der Jagdfalke kaum noch als schwarzer Punkt erkennbar war.

»Der kommt nicht zurück!«, meinte einer der Männer skeptisch.

»Keine Sorge!«, versicherte der Falkner. »Diese Falken gehorchen demjenigen, der ihnen den nächsten Bissen gibt – und das bin ich!«

Falken waren eine begehrte Handelsware. Die Wikinger fingen sie im Norden, brachten sie über die großen Flüsse Russlands und das Schwarze Meer nach Süden und verkauften sie an die Araber, die wahre Meister darin waren, diese Tiere auszubilden. Die Wikinger schauten sich dort diese Kunst ab und begannen damit, selbst Greifvögel aller Art als Jagdgehilfen des Menschen abzurichten. Inzwischen kamen manchmal Händler aus Deutschland oder Frankreich, die abgerichtete Tiere kauften und sie an adelige Ritter verkauften, wo sich die Kunst inzwischen ebenfalls verbreitete.

Der Falke kehrte unterdessen im Sturzflug zurück und landete auf dem mit einer Ledermanschette vor den Klauen des Vogels geschützten Unterarm des Falkners. Er bekam seine Belohnung in Form eines Stücks Fleischs und sogleich zeigten sich einige Interessenten, die mehr darüber wissen wollten, wie man mit diesen Tieren auf die Jagd ging.

Der Fremde wandte sich ab und setzte seinen Weg fort. Gunnar beobachtete, wie er hinter einer Gruppe von Männern, die sich vor einem Stand mit Stockfisch unterhielten, nach links einbog und hinter einer Hausecke verschwand.

»Der beste Stockfisch weit und breit!«, rief der Fischhändler. Was er da anpries, war Kabeljau, der vor der Küste Norwegens gefangen und getrocknet wurde, sodass er haltbar war. Von Haithabu aus wurde er weit nach Süden verkauft. Auf längeren Reisen war er beinahe der einzige Proviant, der über längere Zeit hinweg haltbar blieb.

Gunnar und Sven wollten dem Fremden folgen, als der Fischhändler plötzlich einen Schritt zur Seite trat und Sven den Weg versperrte: »Bist du nicht der Sohn vom neuen Jarl?«, fragte er.

Sven wurde rot und nickte.

»Bestell deinem Vater, dass ich keinen Respekt vor jemandem habe, der einem Toten die Beigaben für Walhall stiehlt! Sag ihm das!«

»Mein Vater hat nichts getan«, erwiderte Sven heftig.

»Das wird das Thing entscheiden. Aber eins scheint mir festzustehen: Lange wird sich Wulfhir Erikson nicht mehr Jarl nennen dürfen! Die Versammlung des Things wird ihm das Vertrauen entziehen – und der König will mit einem elenden Leichenfledderer sicher auch nichts zu tun haben!«

Die Menschen ringsum lachten. Gunnar versuchte noch, die Sache auf sich beruhen zu lassen und nichts weiter zu sagen, aber Sven ließ sich nicht abhalten.

»Woher kommst du, Fischhändler?«, rief er zornig.

»Ich bin Harald Vigburson aus Norwegen! Meinen Stockfisch kauft man noch in Köln und Paris!«

»Bist du mit deiner ganzen Sippe hier?«

»Nur mit den paar Männern an Bord meines Schiffes. Warum?«

»Weil du Wulfhir Erikson dann dankbar sein solltest, dass er als Jarl deine Sicherheit garantiert hat! Mit deinen paar Männern könnte es dir schon bei dem ersten Streit um ein falsches Gewicht übel ergehen!«

»Lass gut sein«, raunte Gunnar ihm zu. »Der Kerl mit dem Amulett ist jetzt wichtiger.«

Er zog Sven mit sich.

»Du bist sein Sohn! Wenigstens *du* musst ja an ihn glauben!«, rief Harald Vigburson ihm hinterher. »Aber ich sehe ihn so, wie er wirklich ist! Und das hat er jetzt gezeigt!«

Gleich hinter dem Fischstand begann zwischen dicht gedrängten Häusern eine kleine Gasse. An deren Ende ging der Fremde mit schnellem Schritt und die beiden Jungen folgten ihm in sicherer Entfernung, bis er schließlich in einem Haus verschwand, das zu den größten und prächtigsten Langhäusern in ganz Haithabu gehörte.

»Das ist das Haus von Bjarni Bjarnison!«, entfuhr es Sven.

»Der Besitzer der GÖTTERWIND wohnt hier?«, staunte Gunnar.

Sven nickte. »Genau.«

»Das ergibt einen Sinn! Der Mann war mit mir auf der GÖTTERWIND. Wahrscheinlich arbeitet er für diesen Bjarni.«

»Bjarni Bjarnison ist einer der reichsten Männer der Gegend«, sagte Sven. »Mein Vater kennt ihn gut, er war schon häufiger bei uns zu Hause zum Festmahl eingeladen und hat unsere Vorräte an Met fast im Alleingang leer getrunken!«

»Wenn dieser Mann mit dem Amulett für Bjarni arbeiten sollte – könnte es dann nicht sein, dass dieser Bjarni etwas mit dem Überfall auf das Totenschiff zu tun hat?«, überlegte Gunnar.

»Bjarni ist so reich, der wäre nicht auf die Schätze aus

dem Totenschiff angewiesen. Zumal er mit einem Diebstahl das Risiko auf sich zöge, dass Odin zornig auf ihn wird.« Sven schüttelte sehr energisch den Kopf. »Nein, wir sollten keine voreiligen Schlüsse ziehen, Gunnar. Bis jetzt wissen wir nur, dass dieser Kerl mit dem Amulett in Bjarnis Haus gegangen ist.«

»… und mit seinem Schiff gefahren ist!«, fiel Gunnar ein. »Vergiss nicht, dass er außerdem in der Nacht des Diebstahls zumindest in der Nähe der Anlegestelle war!«

»Wir erkundigen uns einfach unter Bjarnis Leuten nach ihm«, schlug Sven vor. »Ich kenne Rothgar ganz gut.«

»Rothgar?«

»Einer von Bjarnis Knechten ist sein Vater. Wir sind im selben Alter und haben uns früher ganz gut verstanden.«

»Gute Idee«, stimmte Gunnar zu. »Und wo finden wir diesen Rothgar?«

Sven grinste. »Ganz einfach. Wir warten, bis er herauskommt, um irgendeine Besorgung zu machen. Glaub mir, das geschieht schneller, als du denkst.«

Es dauerte tatsächlich nicht lange, bis ein Junge mit strohblondem, ziemlich strubbeligem Haar und einem fleckigen, grob gewebten Gewand aus dem Langhaus von Bjarni Bjarnison kam. Er trug einen hölzernen Eimer in der Rechten, mit dem man Wasser holte.

Sven ging auf ihn zu und sprach ihn an. Gunnar gesellte sich dazu.

»Vorhin ist ein Mann in Bjarnis Haus eingetreten«, begann Sven. »Er trug ein Amulett aus Walrosszahn um den Hals!«

Rothgar nickte. »Das ist Halmi«, gab er bereitwillig Auskunft. »Er arbeitet seit einiger Zeit für Bjarni Bjarnison.«

»Aber ich kann mich nicht erinnern, ihn schon mal hier in Haithabu gesehen zu haben – und mein Freund sagt, dass er vor Kurzem auf der GÖTTERWIND aus Holmgard hierherkam.«

»Das ist gut möglich«, nickte Rothgar. »Soweit ich weiß, reist Halmi in Bjarnis Auftrag häufig in den Osten, um dort Geschäfte für ihn zu erledigen.«

Jetzt mischte Gunnar sich in das Gespräch ein: »Ich nehme an, dieser Halmi ist Linkshänder, oder?«

Rothgar runzelte die Stirn.

»Wie kommst du darauf?«

»Wegen des Amuletts, das er trägt. Darauf ist Thor mit dem Hammer abgebildet – aber er trägt Mjöllnir mit links!«

Rothgar lachte. »Nein, nicht Halmi, sondern Bjarni Bjarnison ist Linkshänder. Außerdem hat er sich Thor als seinen persönlichen Schutzgott auserkoren, den er ganz besonders anbetet. Darum bekommen Männer, die für ihn etwas Besonderes geleistet haben, Spangen oder Amulette, auf denen Thor zu sehen ist.«

»Ein linkshändiger Thor, nehme ich an«, schloss Gunnar.

»Natürlich.«

»Seltsam, Bjarni Bjarnison ist einer der bekanntesten Männer der Stadt und war schon des Öfteren in unserem Haus – aber ich habe nie bemerkt, dass er Linkshänder ist«, gestand Sven. »Ich meine, es fällt doch immer gleich auf, wenn ein Mann sein Schwert auf der verkehrten Seite trägt, oder?«

»Bjarni trägt sein Schwert nicht *auf der verkehrten Seite*, wie du es ausdrückst«, korrigierte Rothgar ihn.

»Das verstehe ich nicht!«

»Ich kann es euch erklären, aber dann müsst ihr mit mir ein Stück zum Bach gehen, denn ich soll Wasser holen, und wenn ich nicht schnell genug zurück bin, gibt es Ärger.«

»Wir begleiten dich«, sagte Sven.

Sie gingen gemeinsam in Richtung des Baches, der Haithabu von West nach Ost durchzog und schließlich in der Bucht endete, an der die Wikingersiedlung lag.

»Bjarni ist Linkshänder, nimmt das Schwert aber wie die meisten Männer mit rechts. Sein Vater hat es als ein Unglückszeichen angesehen, wenn jemand die linke Hand bevorzugt. Deshalb musste Bjarni, als er noch ein Junge war, so lange trainieren, bis er das Schwert mit der rechten Hand führen konnte. Das hat er bis heute beibehalten.«

»Woher weißt du das alles?«, fragte Gunnar.

»Von meinem Großvater, der letztes Jahr am Fieber starb. Der war auch schon Knecht im Haus von Bjarnis Vater. Aber jetzt verratet mir endlich, weshalb ihr euch so sehr für Bjarni und Halmi interessiert!«

»Wir haben eine Kleiderspange gefunden, auf der Thor ebenfalls Linkshänder ist«, sagte Gunnar.

»Ah, ich verstehe. Ihr wollt mit niemandem Ärger bekommen, wenn ihr sie behaltet!«

»Genau«, nickte Gunnar und wechselte einen kurzen Blick mit Sven.

»Bjarni lässt diese Amulette immer wieder in Thorbergs Werkstatt anfertigen, um sie Männern zu schenken, denen er zu Dank verpflichtet ist. Wie viele es insgesamt sind, weiß ich nicht, aber es dürften einige sein – und wer will ausschließen, dass ihre Träger sie nicht später verkauft oder verschenkt haben?«

Gunnar und Sven sahen einander vielsagend an. Jetzt wussten sie, was sie als Nächstes zu tun hatten.

Schweigezauber

Auf dem Weg zu Thorbergs Werkstatt begann Gunnar: »Bjarni vertraut diesem Halmi offenbar sehr, sonst würde er ihn nicht nach Holmgard und darüber hinaus schicken, um dort Geschäfte für ihn zu erledigen. Mal angenommen, Bjarni brauchte jemanden, der etwas erledigt, von dem niemand erfahren darf, dass er dahintersteckt – dann wäre ein Mann wie Halmi doch ideal! Er vertraut ihm – und er ist selten in Haithabu, sodass auch nicht die Gefahr besteht, dass er etwas verrät, wenn er zu viel Met getrunken hat!«

»Du denkst doch nicht, dass Bjarni hinter dem Diebstahl des Totenschiffs steckt?«, fragte Sven. »Ich habe dir doch gesagt, dass Bjarni so reich ist, dass …«

»… dass er vielleicht auch Jarl hätte werden können? Wie dein Vater?«

Sven atmete tief durch. »Ich war natürlich nicht dabei, als im Thing darüber beraten wurde. Von meinem Vater weiß ich nur, dass Jarl Helge sich kurz vor seinem Tod für ihn als Nachfolger ausgesprochen hatte. Deshalb hat sich die Mehrheit für meinen Vater entschieden.«

»Aber durch einen geschickt eingefädelten Diebstahl des Totenschiffs könnte Bjarni nun doch noch Jarl werden, wenn dein Vater erst mal verbannt wäre!«, setzte Gunnar nach.

Sven starrte ihn an. Dann zuckte er mit den Schultern. »Für das, was du sagst, gibt es keine Beweise!«

»Dann lass uns mehr darüber herausfinden, was es mit diesem Amulett auf sich hat!«, schlug Gunnar vor. »Es muss irgendeine Verbindung zwischen dem Amulett und dem Diebstahl des Totenschiffes geben.«

»An diesem Diebstahl müssten aber mehr Männer als nur dieser Halmi beteiligt gewesen sein«, gab Sven zu bedenken. »Schließlich wurden die Wachen niedergeschlagen und die Beute ist innerhalb recht kurzer Zeit vom Schiff geschafft worden – also zehn kräftige Männer sind das Mindeste!« Er hielt inne, denn sie hatten Thorbergs Werkstatt erreicht. Sie lag am Rand Haithabus, unmittelbar neben dem Schutzwall aus angespitzten Holzpflöcken, der die Siedlung umgab. Gerade an Markttagen war hier viel los. Kunden aus aller Herren Länder interessierten sich für den Schmuck, den Thorberg anbot oder nach den Wünschen der Kunden herstellte. Besonders beliebt waren Stücke mit Bernstein oder aus Walrosszahn.

Gunnar und Sven traten in den Verkaufsraum, in dem einige Männer die Schmuckstücke aus Thorbergs Fertigung bewunderten. An ihrer Sprache konnte man hören, dass sie keine Wikinger waren, sondern aus dem Süden stammen mussten.

Ein Sklave stand daneben und achtete darauf, dass nichts von den Schmuckstücken in den Taschen der Fremden verschwand. Sven kannte ihn: Er hieß Wilfred und stammte aus England. Von dort war er bereits als Junge geraubt und nach Haithabu gebracht worden.

Das Schicksal der Sklaven bei den Wikingern war sehr unterschiedlich. Manche mussten schwer auf den Feldern arbeiten und bekamen kaum ausreichend Nahrung. Andern vertrauten ihre Herren so sehr, dass sie während ihrer Abwesenheit sogar deren Besitz verwalteten.

Dies traf auf Wilfred zu. Thorberg ließ ihn mit Kunden verhandeln und oft genug die Geschäfte führen. Vor allem mit Ausländern, denn Wilfred konnte mehrere Sprachen, während Thorberg ausschließlich Nordisch sprach – die Sprache der Wikinger. Nur in einer Sache traute Thorberg niemandem – nämlich, was das Handwerk anging. Er war der Überzeugung, dass niemand ein so geschickter Walrosszahnschnitzer sei wie er selbst, und so ließ er an wichtige Arbeiten weder Wilfred noch einen seiner Söhne heran.

Sven grüßte Wilfred kurz, dann bedeutete er Gunnar, ihm in den hinteren Teil des Hauses zu folgen, in dem Thorberg seine Werkstatt hatte. Thorberg schabte gerade an einem handgroßen Stück Elfenbein herum. Mehrere unbearbeitete Walrosszähne standen neben ihm gegen die Wand gelehnt.

Als die zwei Jungen eintraten, blickte er unwillig über die Störung auf. Er erkannte Sven sofort.

»Na, schickt dich dein Vater, damit ich einen Glücksbringer für euch schnitze?«, fragte er spöttisch. »Ihr werdet ihn brauchen, wenn Wulfhir erst vor dem Thing angeklagt und vielleicht verbannt wird!«

»Mein Vater ist unschuldig«, beharrte Sven.

»Das mag sein. Ich werde mir auf dem Thing alle Argumente anhören und dann entscheiden, wie ich abstimmen werde. Du weißt, dass auch ich deinem Vater meine Stimme gab, als er zum Jarl ernannt wurde! Hat Bjarni Bjarnison zwar nicht so gefallen, aber für mich war ausschlaggebend, was der alte Jarl Helge vor seinem Tod gesagt hatte – nämlich, dass er sich Wulfhir Erikson als Nachfolger wünscht.« Thorberg zuckte mit den Schultern. »Ich habe Jarl Helge immer vertraut, warum sollte ich es also nicht auch tun, als es um seine Nachfolge ging? Aber nach dem, was jetzt für Gerüchte herumschwirren, bin ich mir gar nicht mehr so sicher, ob ich damals das Richtige getan habe …«

»So wollte Bjarni also auch Jarl werden?«, mischte sich Gunnar in das Gespräch ein.

Thorberg musterte ihn von oben bis unten, ehe er sich bequemte zu antworten. »Wer bist du denn?«

»Mein Name ist Gunnar. Ich komme aus Holmgard und lerne bei Jarl Wulfhir den Schiffbau.«

»Eine sinnvolle Kunst, mein Junge! Nur hat dein Vater für dich vielleicht den falschen Lehrmeister ausgesucht. Aber ich will mein Urteil nicht vor dem Thing sprechen …« Thorberg vertiefte sich wieder in seine Arbeit und die beiden Jungen standen schweigend und etwas unschlüssig neben ihm. Was nun?

Da entdeckte Gunnar auf dem Boden zwischen Holzspänen und einem abgebrochenen Schnitzmesser etwas, das seine Aufmerksamkeit fesselte. Es war ein Amulett aus Walrosszahn, das dem glich, das er bei Halmi gesehen hatte. Die Schnitzereien zeigten den Gott Thor, der mit der linken Hand den Hammer Mjöllnir führte. Auf der Rückseite war eine Zeile in Runenschrift zu sehen. Gunnar ging in die Hocke und drehte es um, konnte aber die Zeichen nicht schnell genug lesen.

»Finger weg!«, sagte Thorberg barsch.

»Diese Amulette werden für Bjarni Bjarnison angefertigt, nicht wahr?«, fragte Gunnar unbeirrt.

»Das ist richtig. Aber dieses eine bringt Unglück!«

»Wieso das?«

Thorberg atmete tief durch. »Er gibt sie seinen Männern, um sich ihrer Treue zu versichern.« Thorberg lachte. »Seht ihr die Runen auf der Rückseite? Das sind irgendwelche Zaubersprüche, mit denen Bjarni seine Männer an sich binden will. Erst vor Kurzem habe ich zehn Stück davon anfertigen müssen. Leider ist mir eins misslungen. Ich selbst kann nicht schreiben und muss die Dinger immer nach einer Vorlage beschriften. Aber bei diesem hier habe ich mich verschrieben, deswegen ist es jetzt ein Unglücksbringer. Eigentlich müsste es längst weggebracht worden sein, aber meine Sklaven drücken sich darum …« Thorberg formte mit den Händen einen Trichter und rief: »Wilfred!«

»Was geschieht mit dem Amulett?«, fragte Sven.

»Ich lasse es im Wasser versenken!«

»Dann könntest du es auch uns schenken!«

Thorberg lachte auf. »Ganz gewiss nicht! Angenommen, dir geschieht was und es kommt heraus, dass ich dir diesen Unglücksbringer gegeben habe, dann bekomme ich Ärger mit deinem Vater! Und gleichgültig, ob er nun ein Dieb ist, der Tote bestiehlt, oder nicht – ich will mich ungern mit ihm anlegen, denn er ist einer der besten Schwertkämpfer weit und breit.« Noch einmal rief er nach dem Sklaven.

Als Wilfred schließlich bei ihm erschien, deutete Thorberg auf das Amulett. »Warum ist das immer noch hier? Bring das schleunigst weg und sieh zu, dass niemand mitbekommt, wenn du es in der Schlei versenkst!«

»Ja, Herr«, nickte Wilfred, aber an seinem Gesicht war abzulesen, wie wenig ihm dieser Auftrag gefiel. Er bückte sich und fasste das Amulett mit zwei Fingern an.

»Schade um das schöne Elfenbein«, meinte er. »Walrosszähne sind in letzter Zeit so teuer geworden …«

Gunnar und Sven verabschiedeten sich schnell und folgten dem Sklaven. Sie mussten unbedingt in Erfahrung bringen, was für einen Zauber Thorberg auf das Amulett geritzt hatte – denn sehr wahrscheinlich stand auf Halmis Exemplar genau dasselbe. Abgesehen von dem Fehler natürlich, den Thorberg gemacht hatte.

Auf halbem Weg zum Ufer holten sie Wilfred ein.

»Wie wär's, wenn du uns das Amulett gibst – und wir bringen es für dich zum Wasser?«, schlug Sven vor.

Wilfred sah die beiden Jungen überrascht an. »Warum wollt ihr das tun?«

»Kann dir doch gleichgültig sein. Du bekommst nichts von dem Unglück ab, das auf dem Stück lastet, und wir werden Thorberg sicher nichts verraten.«

Wilfred überlegte kurz, blickte auf das kunstvoll verzierte Stück Elfenbein und gab es Sven. »Wenn ihr es unbedingt wollt …«

Und damit hatte er sich auch schon ein paar Schritte entfernt, so als fürchtete er, dass das an dem Amulett haftende Unglück vielleicht doch noch auf ihn überspringen könnte. Sven drehte das Amulett um und begann, die Runen zusammenzuziehen. »Das ergibt überhaupt keinen Sinn!«, stöhnte er.

Welches Wort in dem Zauberspruch ist falsch und wie sollte der Spruch vermutlich eigentlich lauten?

Sie beschlossen, das merkwürdige Schmuckstück Solveig zu zeigen und ihr zu erzählen, was sie erlebt hatten. Sie trafen sie aber erst am Abend am Ufer vor Wulfhirs Langhaus. Den ganzen Tag über hatte Astrid ihre Tochter mit zahllosen Aufträgen überschüttet. Die Sonne ging im Westen hinter den Wiesen unter und gerade fuhr die Skaid von Halvar Halgrimson in den Hafen von Haithabu ein.

»Der wird es sich nicht nehmen lassen, am Thing teilzunehmen, um mitzuerleben, wie unser Vater gedemütigt wird«, sagte Solveig bitter.

Sven gab ihr das Amulett.

»Wo habt ihr das her?«, fragte Solveig überrascht.

Schnell erzählte Gunnar, was sie bei Thorberg erlebt hatten.

Solveig drehte das Schmuckstück vorsichtig zwischen den Fingern. Als sie die Runen auf der Rückseite entdeckte, schaute sie Sven fragend an.

»Ich bin mir nicht sicher, ob ich das richtig gelesen habe«, erklärte er. »Es ist ein Schweigefluch, der den Träger dieses Amuletts dazu veranlassen soll, über das zu schweigen, was er für Bjarni getan hat.«

»Ist das nicht auf jeden Fall verdächtig?«, fragte Solveig aufgeregt. »Das ist doch alles sonnenklar! Bjarni wollte selbst Jarl werden und hat deshalb ein paar Männer angeheuert, von denen er glaubte, dass sie ihn durch diesen Schweigefluch nicht verraten könnten.«

»Also, ich hätte mich an Bjarnis Stelle darauf nicht verlassen«, meinte Gunnar.

»Du bist ja vielleicht auch nicht so magiegläubig wie Bjarni Bjarnison«, wandte Solveig ein.

»Aber um genau zu wissen, wie so ein Schweigefluch wirkt und ob wir das überhaupt richtig verstanden haben, müssten wir Trygvar fragen«, seufzte Sven.

Gunnar schüttelte den Kopf. »Das ist unmöglich. Trygvar hat deinen Vater schließlich schwer angeschuldigt!«

»Aber nur deswegen, weil ein angebliches Beweisstück in unserem Haus gefunden wurde«, sagte Sven. »Was sollte er denn da auch glauben? Ich glaube, dass er genauso wie wir an der Wahrheit interessiert ist.«

»Dieses angebliche Beweisstück muss jemand ins Haus gebracht haben, der hier täglich ein- und ausgeht«, meinte Solveig.

Gunnar sah sie überrascht an. »Genau das habe ich auch schon zu Sven gesagt, als wir auf dem Markt waren. Hast du jemanden in Verdacht?«

Sie schüttelte den Kopf. »Noch nicht. Aber das werde ich herausfinden. Irgendwozu muss es schließlich gut sein, dass Mutter mich hier nicht weglässt.«

Unter Verdacht

Nach seinem Streit mit Wulfhir wohnte Trygvar Snörrisson im Haus von Sigrid Halldorstochter. Ihr Mann war vor zwei Jahren von einer Handelsfahrt nicht zurückgekehrt. Niemand wusste, was mit ihm geschehen war. Vermutlich hatte ein schwerer Sturm sein Schiff vor Bornholm kentern und in die Tiefe sinken lassen. Seitdem führte Sigrid Halldorstochter ihren Pelzhandel allein. Ihre Kinder wurden ebenfalls von Trygvar unterrichtet.

Als Gunnar, Solveig und Sven dort eintrafen, war die Sonne bereits untergegangen und der Unterricht wurde gerade beendet, weil man die Runen kaum noch sehen konnte.

Trygvar war erfreut, seine Schüler zu treffen.

»Es tut mir leid, dass es zwischen eurem Vater und mir zum Bruch gekommen ist. Aber ich konnte nicht so tun, als ob das Beweisstück nicht in seinem Haus gewesen wäre.«

»Es wurde dort platziert, um ihm zu schaden«, war Sven überzeugt.

Trygvar musterte ihn ernst. »Das ist eine schwere Beschuldigung, Sven. Wer, glaubst du, sollte so etwas tun?«

»Jemand, der gerne selbst Jarl werden würde«, platzte Sven heraus.

Trygvar verzog keine Miene.

»Ich spreche von Bjarni Bjarnison«, setzte Sven nach.

Auf Trygvars Stirn bildeten sich tiefe Furchen. »Ich verstehe, dass ihr Wulfhirs Unschuld beweisen wollt«, begann er, »und es stimmt auch, dass Bjarni unbedingt Jarl werden wollte. Ich war auf dem Thing dabei, auf dem der alte Jarl Helge verkündete, dass er sich Wulfhir als seinen Nachfolger wünschte, aber ....«

»Wie hat Bjarni reagiert?«, unterbrach ihn Gunnar aufgeregt.

»Er war außer sich und konnte sich nur mit Mühe beherrschen. Jarl Helge war schon sehr alt und krank, sonst hätte er sich wohl am liebsten mit der Streitaxt auf ihn gestürzt!«, musste Trygvar zugeben.

»Na also!«, meinte Gunnar nur.

Trygvar strich sich nachdenklich den weißen Bart glatt und fuhr fort: »Man muss sich vor falschen Verdächtigungen hüten. Sie kleben wie Honig an dem Beschuldigten. Das müsste doch gerade dir klar sein, Sohn Wulfhir Eriksons!«

Sven blickte schuldbewusst zu Boden.

In dem Moment zog Gunnar das Amulett heraus, das sie bei Thorberg gefunden hatten. Er reichte es Trygvar, der es sofort genau studierte und auch den verunglückten Spruch auf der Rückseite las.

»Wo habt ihr das her?«, fragte er schließlich.

Sven und Gunnar erzählten kurz, wie sie an das Amulett gekommen waren.

Es war einen Moment lang still, bevor Trygvar langsam fortfuhr: »Also, falls Bjarni wirklich so etwas vorhätte, würde er tatsächlich nur Männer auswählen, die er zuvor mit einem Schweigefluch gebunden hat. Ich habe ihm einst selbst die Runen beigebracht, als er noch ein Junge war. Er war schon damals sehr magiegläubig und hat immer wieder versucht, sich mit eingeschnitzten Zaubersprüchen gegen Gefahren aller Art abzusichern.«

»Als wir das Totenschiff fanden, hatte jemand einen Fluch gegen Helge in die Reling geritzt!«, warf Solveig aufgeregt ein. »Spricht das nicht auch dafür, dass Bjarni hinter dem Diebstahl steckt?«

»Bjarni ist nun wirklich nicht der Einzige, der an die magische Kraft der Runen glaubt!«, erwiderte Trygvar. »Das ist kein Beweis für seine Schuld!«

»Und die Spange, die wir in der Nähe des Totenschiffs am Ufer gefunden haben?«, fragte Sven. »Jetzt weiß ich auch, was die beiden Runen bedeuten: Das B steht für Bjarni und das O – Opalan – steht für Besitz! Die Nadel ist Bjarnis Besitz gewesen! Er hat sie seinen Leuten geschenkt!«

»Das wäre *eine* Erklärungsmöglichkeit«, erwiderte Trygvar. »Aber nicht die einzige! Diese Runen könnten auch für den Namen eines Mannes stehen, den niemand von uns je gesehen hat …«

»Aber …« Sven verstummte, als Trygvar seine Hand hob.

»Jetzt werde ich euch mal die andere Seite vorhalten. Dann werdet ihr sehen, dass im Moment mehr Argumente dafür sprechen, dass dein Vater etwas mit dem Diebstahl zu tun hat!«

»Nur, weil er ein Schiff mitsamt Ladung verlor?«, erwiderte Sven heftig.

»Du wirst zugeben müssen, dass eure Familie dadurch in Schwierigkeiten geraten ist!«, sagte Trygvar.

»Natürlich!«, erwiderte Sven aufgebracht.

»Also kann man mit Fug und Recht behaupten, dass dein Vater einen Grund gehabt hätte, den Schatz des Totenschiffs an sich zu bringen. Er hat schließlich ausgezeichnete Handelsbeziehungen und hätte ihn leicht in Holmgard oder einem anderen fernen Hafen von seinen Männern verkaufen lassen können. Und dass ausgerechnet *ihr* das geplünderte Totenschiff gefunden habt, ist auch sehr verdächtig!«

»Aber auf diese Bucht habe *ich* meinen Vater hingewiesen!«, widersprach Sven.

»Das sagst *du*, Sven!«

»Willst du etwa behaupten, dass ich nicht die Wahrheit sage?«

Trygvar schüttelte den Kopf. »Ich weiß nicht, was geschehen ist. Das Einzige, was klar zu sein scheint, ist, dass ein Stück aus der Beute bei euch im Haus gefunden wurde. Das steht fest! Ich habe schließlich die Zeichnungen für den Runenstein angefertigt und weiß genauer darüber Bescheid, was sich auf dem Totenschiff befand, als irgendjemand anderes hier in Haithabu. Die Familie von Jarl Helge übrigens eingeschlossen, denn ich glaube nicht, dass sich seine Witwe das alles merken konnte!«

Sven atmete tief durch. Er hatte keine Ahnung, was er jetzt tun sollte. Alles schien gegen seinen Vater zu sprechen. Auch Solveig und Gunnar wirkten ziemlich niedergeschlagen.

»Wirst du auf dem Thing für eine Verurteilung stimmen?«, mischte sich jetzt Solveig ein.

»Im Augenblick sieht es so aus, ja. Aber ich nehme an, dass die Versammlung erst in ein oder zwei Tagen vollzählig ist. Und in dieser Zeit schicken uns die Götter vielleicht ein Zeichen – dann bin ich gerne bereit, meine Meinung zu ändern.«

»Dann lies uns wenigstens noch einmal den Schweigefluch auf dem Amulett vor«, bat Gunnar den Wanderlehrer schließlich niedergeschlagen. »Damit wir sicher sind, ihn richtig verstanden zu haben.«

Trygvar Snörrisson nickte. »Das kann ich gerne tun. Der Fluch lautet – ohne Thorbergs Fehler: Schweig oder du stirbst!« Er blickte die Kinder der Reihe nach an und schien dabei über etwas nachzudenken. »Mir ist gerade etwas eingefallen«, sagte er schließlich.

»Was?«, fragte Gunnar.

»Wie gesagt, ich kenne Bjarni und seine Furcht vor der Zauberei, seitdem er ein Kind ist. Falls er etwas damit zu tun haben sollte …«

»Dann glaubst du uns?«, rief Solveig.

Trygvar schüttelte den Kopf und brachte sie mit einer Handbewegung zum Schweigen. »Nein, ich sagte nur *falls* er etwas mit dem Verschwinden des Schatzes zu tun hat, dann hätte er auf jeden Fall dafür gesorgt, dass die Beute durch Magie vor der Entdeckung geschützt wird!«

»Worauf wollte Trygvar mit seiner letzten Bemerkung hinaus?«, grübelte Sven, nachdem die drei ihn verlassen hatten und sich auf dem Rückweg zu Wulfhirs Haus befanden.

»Ich weiß nicht«, murmelte Gunnar. »Aber mir ist gerade ein Gedanke gekommen.«

»Heraus damit! Wir brauchen jeden Strohhalm, um Vaters Ansehen zu retten!«, drängte Solveig. »Sonst sitzen wir vielleicht in drei Tagen alle an Bord einer voll geladenen Knorr und müssen darauf hoffen, dass uns irgendwo jemand aufnimmt!«

»Ich weiß nicht, ob uns der Gedanke, den ich gerade hatte, wirklich weiterhilft, aber wenn Trygvar recht hat und Bjarni das Diebesgut mit irgendwelchen magischen Formeln gesichert hat, dann müsste man in der Nähe des Verstecks doch irgendwo Runen finden. Auf Baumstämmen, Steinen …«, meinte Gunnar langsam.

»Aber das nützt uns auch nichts!«, fiel Solveig ihm ins Wort. »Schließlich haben wir keine Ahnung, wo die Beute geblieben ist. Und willst du vielleicht das gesamte Land nach Holzstücken oder Steinen absuchen, in die irgendjemand ein paar Zeichen geritzt hat?«

»Wie wär's, wenn wir noch mal zu der Stelle zurückkehren, an der wir das Totenschiff gefunden haben?«, schlug Gunnar vor. »Schließlich wurde die Schlei bis zur Mündung abgesucht und auch an Bord von Halvar Halgrimsons Skaid war von der Beute nichts zu sehen. Daher könnte es doch sein, dass der Schatz doch in der Nähe der Bucht versteckt wurde, und wir nur glauben sollten, dass er auf ein anderes Schiff umgeladen wurde!«

Solveig blieb skeptisch. »Wir haben doch alles abgesucht und nichts gefunden – abgesehen von der Spange!«, gab sie zu bedenken. »Wir hätten doch etwas bemerken müssen!«

»Erstens hat Vater die Suche sehr schnell abbrechen lassen und zweitens haben wir vielleicht einfach nicht auf die richtigen Spuren geachtet!« Sven wandte sich aufgeregt an Gunnar. »Heute ist es zu spät – aber morgen werden wir uns kurz vor Sonnenaufgang ein Boot nehmen und lossegeln.«

»Gut«, nickte Gunnar.

»Ich kann nicht mitkommen«, seufzte Solveig. »Mutter lässt mich jetzt niemals hier weg!«

Die beiden Jungen sahen sie mitleidig an.

»Umso besser!«, grinste Sven plötzlich. »Dann haben wir auch hier einen Wachposten.«

Solveig musterte ihn wütend. Einmal mehr wünschte sie sich, ein Junge zu sein.

Gunnar konnte in dieser Nacht kaum schlafen, weil er Angst hatte, den Sonnenaufgang zu verpassen. Doch die stickige Luft im Inneren des Langhauses machte ihn schließlich doch müde und so schlief er ein, träumte aber, dass er aufstehen und mit Sven zusammen zum Ufer gehen und ein Boot klarmachen würde.

Es war Solveig, die ihn in aller Frühe wachrüttelte.

Er schreckte hoch.

Solveig legte einen Finger auf ihren Mund, um ihm zu bedeuten, dass er keinen Ton von sich geben solle.

Sven war inzwischen ebenfalls wach geworden und streckte sich leise.

Schnarchgeräusche erfüllten das Langhaus. Einer der Hunde reckte sich, hob dann den Kopf und blickte in Richtung der Kinder.

»Viel Glück!«, flüsterte Solveig den Jungen zu. Dann schlich sie lautlos zu dem Hund und strich ihm über das Fell, woraufhin er Ruhe gab.

Gunnar und Sven schlichen hinaus ins Freie, während Solveig wartete, bis der Hund wieder tief und fest eingeschlafen war. Dann blickte sie sich um. Abgesehen von Wulfhir und Astrid, die sich in ihren Alkoven zurückgezogen hatten, schliefen alle anderen im selben Raum. Und irgendjemand unter diesen Männern, Frauen und Kindern, die mit Wulfhir unter einem Dach wohnten, hatte ihm ein Stück aus dem verschwundenen Grabschatz ins Haus gelegt! Davon war Solveig überzeugt.

Aber wenn wirklich Bjarni dahintersteckte, so würde er das kaum von jemandem tun lassen, der nicht auf irgendeine Weise mit Magie gebunden war.

Solveig hoffte, vielleicht ein Amulett oder dergleichen zu finden, was ihr den Beweis lieferte. Lautlos schlich sie zwischen den Schlafenden hin und her. Da sah sie, dass ein Lager verlassen war. Gleich neben dem Alkoven lagen zwei Strohsäcke und eine grob gewebte Decke, die zur Seite geschlagen worden war.

Jemand hatte offenbar bereits vor Sven und Gunnar das Langhaus verlassen. Dafür musste es einen Grund geben! Solveig ließ den Blick erneut über die Schlafenden schweifen. Feste Plätze gab es hier nicht. Und da manche der Schlafenden sich eine Decke über den Kopf gezogen hatten und nur wenig Licht ins Haus fiel, war es nahezu unmöglich zu erkennen, wer fehlte.

Ein Geräusch ließ Solveig zusammenfahren.

Es kam von draußen. Das Mädchen kannte es nur zu gut. Die Tür zum Pferdestall klapperte im Wind. Das geschah immer, wenn sie nicht verriegelt war. Da man die Stalltür aber nur von außen verriegeln konnte, bedeutete dies, dass jemand im Stall bei den Pferden sein musste.

Solveig schlich zur Tür des Langhauses, öffnete sie vorsichtig und trat ins Freie.

Ein Pferd schnaubte.

Solveig lief zum Stall hinüber – aber nicht zu der einen Spalt offen stehenden Tür. An der Seite befand sich ein Astloch, durch das man hineinsehen konnte. Eine Gestalt trat aus dem Schatten in das Licht, das durch ein Loch im Dach hereinfiel. Die roten Haare schienen im Sonnenlicht wie Flammen zu leuchten. In Brusthöhe war ein rotbrauner Flicken auf dem grauen Wollhemd deutlich zu sehen.

Die rechte Hand hielt etwas, das metallisch glänzte. Eine Kleiderspange, Gürtelschnalle oder eine Brosche. Genau konnte Solveig es nicht erkennen. Sie sah nur, wie dieser Gegenstand in einen der Tröge gelegt wurde.

Solveig schluckte.

Das hätte ich nicht von dir gedacht!, durchfuhr es sie.

Wen hat Solveig erkannt?

Die Entdeckung

Gunnar und Sven nutzten den kräftigen Westwind, um mit einem kleinen Boot zu der Bucht zu gelangen, in der das Totenschiff gefunden worden war. Eigentlich diente das Boot dem Be- und Entladen von größeren Knorren, die zu viel Tiefgang hatten, um nahe genug ans Ufer gezogen zu werden.

Das Segel war nichts Besonderes und der Mast sehr weit vorne errichtet, damit mehr Fläche für die Ladung frei war.

Als sie endlich die Bucht erreichten, legten sie an und sahen sich um.

»Wonach suchen wir eigentlich?«, fragte Sven schließlich.

»Wenn ich das so genau wüsste, hätten wir es vielleicht schon gefunden«, erwiderte Gunnar knapp und ließ seinen Blick weiter umherschweifen.

Sie sahen sich die wenigen Bäume in Ufernähe ganz genau an.

Vielleicht waren da ja irgendwo ein paar Runen eingeritzt, die verhindern sollten, dass der Schatz gefunden wurde. Aber so sehr sich die beiden Jungen auch bemühte, sie fanden nichts dergleichen.

»Vielleicht sind wir ja doch auf dem Holzweg«, meinte Gunnar schließlich niedergeschlagen. »Lass uns heimfahren, bevor dein Vater das Boot vermisst und wir Ärger kriegen.« Aber Sven dachte gar nicht daran, so schnell aufzugeben. »Irgendetwas haben wir nicht bedacht!«, erwiderte er stur.

»Ich weiß nicht, ob es wirklich eine gute Idee war, hierherzukommen. Wahrscheinlich hatte Solveig recht, und es ist viel wichtiger, dass wir herauskriegen, wer das angebliche Beweisstück in das Haus deines Vaters gebracht hat!«, versuchte Gunnar es noch einmal.

»Wir werden sehen«, war alles, was Sven antwortete.

Er ging zu der Stelle, an der die Spange mit dem linkshändigen Thor gelegen und die Fußspur geendet hatte. Gunnar folgte ihm seufzend.

Sven atmete tief durch und blickte sich um. Die Landschaft war flach. Das Gras stand hoch, nur ab und zu gab es ein paar Bäume. Manche waren windschief und so gebeugt, dass man fürchten konnte, dass sie bald umstürzten. Ein anderer sah knorrig und verwachsen aus und war in der Mitte gespalten, so als wäre irgendwann einmal der Blitz in ihn hineingefahren. Wieder andere waren hoch und biegsam und ließen sich vom Wind zwar beugen, aber nicht brechen. Vogelschwärme kreisten über ihren Kronen.

»Wir gehen doch immer noch davon aus, dass Bjarni hinter allem steckt, richtig?«, sagte Sven unvermittelt.

Gunnar nickte. »Richtig.« Und er fügte hinzu: »Hast du ihn etwa gerade hier irgendwo vorbeihuschen sehen?«

Aber Sven ließ sich nicht beirren. Er hob die Augenbrauen und sah Gunnar fragend an. »Was für ein Versteck würde Bjarni wählen?«

»Natürlich eins, von dem er glaubt, dass es niemand finden kann!«

»Weil es durch Zauberei abgeschirmt ist!«

»Das hilft uns aber nicht weiter, Sven! Wir haben keine Runen gefunden!«

»Bjarni hat Thor zu seinem Schutzgott erkoren – also ist das Versteck auf jeden Fall an einem Ort, an dem Thor besonders mächtig ist.«

Gunnar verengte die Augen zu schmalen Schlitzen. Sein Blick blieb plötzlich an etwas haften. Ein Ruck ging durch seinen Körper. »Thor, der Herr über Blitz und Donner«, murmelte er.

»Genau!«, grinste Sven. Die beiden Jungen liefen los.

Wo vermuten Gunnar und Sven den Schatz?

Vor einer Gruppe von Bäumen blieben sie schließlich völlig außer Atem stehen. Dann sahen sie sich um.

»Hast du erwartet, dass hier irgendwo Runen in die Baumrinde geritzt wurden?«, fragte Sven.

Gunnar grinste. »Eigentlich schon.«

»Das wäre wohl zu auffällig gewesen.«

»Mag sein, ich bin aber trotzdem davon überzeugt, dass wir hier richtig sind, Sven.« Gunnar deutete auf den in der Mitte vermutlich vom Blitz gespaltenen und danach völlig verwachsenen Baum. Er wirkte unheimlich. Überall wuchsen eigenartige Verdickungen aus dem Stamm heraus. Wenn man die Rinde genau ansah, konnte man denken, dass sie in Wahrheit ein Gesicht war, das jederzeit zum Leben erwachen und die Augen öffnen konnte.

»Wenn Thor an irgendeinem Ort mächtig ist, dann hier, wo er einst den Blitz einfahren ließ!«, stellte Sven fest.

»Aber mit seinem Hammer Mjöllnir scheint er auch noch einmal kräftig zugeschlagen zu haben«, ergänzte Gunnar.

»Trygvar sagt, dass Thor diesen Hammer wirft und er dann stets in seine Hand zurückkehrt.«

Die beiden Jungen schwiegen einen Augenblick und musterten ihre Umgebung genau. Der Boden rings um die Bäume war sehr weich. Überall lagen Äste und Gestrüpp herum – so als wollte jemand verbergen, dass hier gegraben worden war! Unmittelbar unter dem vom Blitz zerstörten Baum lag ein Stein. Er war auffällig flach und hatte fast die Form eines Ovals. Gunnar bückte sich und drehte ihn um.

»Na bitte!«, rief er triumphierend. »Wer sagt's denn!«

Auf der anderen Seite des Steins waren Runen eingeritzt!

THOR SCHÜTZT DEN SCHATZ DES TOTEN JARLS entzifferte Sven.

»Ich wette, dass wir hier alles finden, wenn wir zu graben anfangen«, jubelte Gunnar.

»Aber vielleicht ist es klüger, alles so zu lassen, wie es ist, wenn wir Bjarni überführen wollen!«, erwiderte Sven. »Wir müssen schließlich beweisen, dass er etwas damit zu tun hat.« Seine Stimme begann zu krächzen vor Aufregung.

»Fragt sich nur, wie das geschehen soll!«

»Keine Ahnung. Aber ich weiß, dass es meinem Vater nicht gerade helfen würde, wenn ich jetzt dieses Versteck öffnete und jemand davon Wind bekäme.«

»Vielleicht können wir Trygvar so weit trauen, dass wir ihn einweihen«, schlug Gunnar vor.

»Mal sehen«, murmelte Sven.

Gunnars Gesicht wirkte angestrengt. Er schien intensiv nachzudenken. »Weißt du was? Lass uns wenigstens ein einziges Stück mitnehmen. Sonst wird uns niemand glauben«, schlug er schließlich vor.

Sven seufzte. »Dann kommen wir um das Graben wohl nicht herum. Und das mit bloßen Händen!«

»Wir nehmen die Ruder aus dem Boot zu Hilfe!«

Es dauerte nicht lang, bis sie mit ihrem ungewöhnlichen Werkzeug im weichen Boden auf etwas Hartes stießen. Eine Kiste!

»Wir hatten recht!«, stieß Gunnar hervor.

»Dass ich nicht lache«, meinte Sven trocken. »Thor sollte die Beute der Diebe schützen – aber hat uns hierhergeführt!«

Aufgeregt legten sie die Kiste frei. Zum Glück war sie nicht verschlossen. Vorsichtig öffneten sie den Deckel. Was darunter zum Vorschein kam, übertraf ihre kühnsten Erwartungen.

Darin fanden sich Münzen und Schmuckstücke aller Art. Vor allem Ringe, Kleiderspangen und Gürtelschnallen. Eine dieser Gürtelschnallen nahm Gunnar mit.

»Solveig wird Augen machen!«, meinte Gunnar.

»Nicht nur die!«, grinste Sven. »Wir müssen allerdings gut überlegen, wie wir weiter vorgehen! Zwar wissen wir jetzt, wo der Schatz ist, aber …«

»… wir müssen noch die Täter entlarven!«

Sven nickte. »Wir haben es noch nicht hinter uns.«

Die beiden Jungen segelten so schnell es ging zurück. Dabei mussten sie gegen den Wind kreuzen und teilweise sogar rudern, sodass sie erst am frühen Abend wieder in Haithabu waren.

Solveig kam ihnen am Bootssteg entgegen und fing das Seil auf, mit dem das Boot festgemacht werden sollte.

»Wo bleibt ihr denn? Das Thing hat bereits angefangen zu tagen«, rief sie.

Sven und Gunnar erstarrten. Waren sie zu spät? Das durfte doch nicht wahr sein!

»Ich hoffe, es wurde noch kein Urteil gefällt!«, stöhnte Gunnar.

Zumindest in diesem Punkt konnte Solveig ihn beruhigen.

»Das ist nicht anzunehmen.«

»Wahrscheinlich wird man sich erst wieder zwei Tage darüber streiten, in welcher Reihenfolge die anstehenden Fragen diskutiert werden«, spottete Sven.

»Ich muss euch etwas erzählen«, erklärte Solveig unvermittelt.

»Wir dir auch«, gab Gunnar zurück.

»Ihr zuerst. Ihr wollt doch wohl nicht etwa behaupten, den Schatz gefunden zu haben?«

»Hast du uns das etwa nicht zugetraut?«, grinste Gunnar.

Die beiden Jungen berichteten Solveig von ihrer erfolgreichen Schatzsuche.

»Eine Kiste haben wir ausgegraben und geöffnet, aber da liegt noch viel mehr!«, erzählte Sven stolz.

Solveig konnte im ersten Moment gar nichts sagen, so verblüfft war sie. »Das ist ja großartig«, stieß sie schließlich hervor.

»Und du?«, drängte Sven, »was hast du herausgefunden?«

»Ich weiß jetzt, wer das angebliche Beweisstück bei uns im Haus platziert hat. Ake! Er hat heute Morgen versucht, eine weitere Spange zu verstecken!« Solveig drehte sich verstohlen um, aber es war niemand in der Nähe. Dann griff sie in ihre Tasche, holte die Kleiderspange hervor und zeigte sie den Jungen. »Ich wette, die ist auf Trygvars Pergament verzeichnet!«

»Wo hast du die her?«

»Hast du Ake darauf angesprochen?«, fragten Sven und Gunnar durcheinander.

»Ich hab gesehen, wie Ake sie im Stall im Pferdetrog abgelegt hat. Erst wollte ich ihn darauf ansprechen, aber ich fürchtete, er würde mir gegenüber einfach alles abstreiten.«

»Gut«, sagte Gunnar und fuhr fort: »Wir müssen jetzt genau überlegen, was wir tun. Ake ist doch nur ein Handlanger von jemand anderem.«

»Bjarni!«, stieß Sven hervor.

»Was wir aber beweisen müssen!«, gab Solveig zu bedenken.

Sven nahm die Spange, sah sie sich kurz an und reichte sie schließlich an Gunnar weiter. »Die müssen wir unbedingt Trygvar zeigen!«

Solveig seufzte. »Damit werden wir wohl warten müssen, bis das Thing für heute vorbei ist.«

Die Versammlung endete früher als erwartet. Wulfhir kehrte gemeinsam mit Hrolf Haakanson und einigen anderen seiner Getreuen zu seinem Langhaus zurück. Die Stimmung war gedrückt.

»Es wird sehr schwer werden!«, hörte Solveig ihn sagen. Sowohl sie als auch die beiden Jungen drängte es eigentlich, allen von dem zu berichten, was sie herausgefunden hatten.

Aber in das Gespräch der Männer hatten sich die Kinder nicht einzumischen.

Außerdem hatten sie noch keinen Beweis gegen Bjarni.

»Lass uns gehen!«, flüsterte Solveig an Gunnar gewandt.

Dieser stieß Sven an. »Komm!«

»Nein, lass uns noch etwas zuhören«, wisperte Sven. »Ich will wissen, was genau auf dem Thing verhandelt wurde!«

Die beiden anderen seufzten, aber aus dem Gespräch erfuhren sie immerhin, dass es offenbar einen heftigen Streit gegeben hatte, mit der Folge, dass das Thing erst am übernächsten Tag fortgesetzt werden sollte.

»Diejenigen, die gegen mich sind, fürchten doch nur, dass sie keine Mehrheit bekommen, um mich zu verbannen!«, hoffte Wulfhir, aber Hrolf Haakanson war anderer Ansicht. »Ich fürchte, es sieht sehr düster aus, Wulfhir. Die Gruppe derer, die zu dir halten, wird kleiner, und wer weiß, was bis übermorgen alles geschieht? Angeblich soll Bjarni Bjarnison bereits großzügig Geschenke verteilen, damit man ihn zu deinem Nachfolger als Jarl wählt, wenn das Urteil gesprochen ist.«

Das hätte Bjarni wohl gern!, dachte Gunnar. Aber wenn die Wahrheit erst ans Licht kommt, wird ihn wohl niemand mehr zum Jarl wählen wollen!

Die Männer waren so in ihr Gespräch vertieft, dass keiner darauf achtete, dass Sven, Gunnar und Solveig noch einmal das Haus verließen. Sie begaben sich zum Haus von Sigrid Halldorstochter, wo sie Trygvar fanden und um ein Gespräch baten.

Der Skalde hörte sich mit ernster Miene an, was die Kinder zu berichten hatten. Zunächst schien er sehr skeptisch zu sein. Langsam jedoch glättete sich seine Stirn.

»Ihr habt Ake noch nicht darauf angesprochen, dass ihr ihn durchschaut habt?«, fragte er.

»Nein«, bestätigte Sven. »Und der Schatz liegt auch noch unter der Erde. Bis auf eine Gürtelschnalle als Beweis! Wir dachten, das sei besser so.«

»Nun, ich weiß nicht, ob ihr schon etwas über den Verlauf des Things mitbekommen habt …«

»Nur das, was Wulfhir und die anderen darüber gesagt haben, als sie nach Hause kamen. Sie klangen ziemlich verzweifelt«, erwiderte Sven.

»Bjarni Bjarnison müsste unter Zeugen zugeben, dass er mit seinen Männern das Totenschiff gestohlen hat!«, warf Solveig ein. »Dann wäre Vater entlastet!«

»Ja, das würde das Blatt sicherlich wenden«, gestand Trygvar ihr zu. »Nur wird er das niemals tun.«

»Aber was sollen wir dann machen? Wenn wir jetzt einfach hingehen und den Schatz ausgraben, entlastet das Vater nicht!«, sagte Solveig heftig. »Schließlich könnte ihn jeder dort vergraben haben!«

Einige Augenblicke herrschte Schweigen. In Gunnars Hirn rasten die Gedanken. »Es muss doch eine Möglichkeit geben, das Thing von der Unschuld Wulfhirs zu überzeugen!«

»Es gäbe wohl nur eine Sache, die Bjarni dazu bewegen könnte, seine Schuld zuzugeben …«, meinte Gunnar. Sein verkniffenes Gesicht hellte sich plötzlich auf.

Die anderen sahen ihn erstaunt an. Er schien eine Idee zu haben.

»Und was sollte das deiner Meinung nach sein?«, fragte Solveig bitter.

»Magie natürlich. Was sonst?«, erwiderte Gunnar.

Solveig schien nicht recht zu begreifen, worauf er hinauswollte. »Sollen wir ihm ein verhextes Amulett schicken, das ihn dazu zwingt, die Wahrheit zu sagen, oder wie stellst du dir das vor?«

Gunnar zuckte mit den Schultern und wandte sich dem Wanderlehrer zu. »Wir brauchen deine Hilfe, Tryggvar. Du willst doch schließlich auch, dass die Wahrheit ans Licht kommt – gleichgültig, was dabei herauskommen mag!«

»Natürlich!«, bestätigte dieser. »Gegen Wulfhir hatte ich nie etwas, auch wenn er das zu denken scheint. Erzähl deinen Plan! Wenn er gut ist und dazu geeignet, die Wahrheit herauszufinden, mache ich mit.«

»Gut«, nickte Gunnar. »Wir brauchen allerdings auch noch die Hilfe von Ake …«

»Freiwillig wirst du die nicht bekommen!«, unkte Solveig.

Gunnar lächelte. »Wer hat denn hier etwas von freiwillig gesagt?« Und dann begann er den anderen seinen Plan zu erklären.

Der Plan

Spät am Abend wurde Ake noch einmal zum Ufer geschickt, um frisches Wasser zu holen. Solveig, Gunnar und Sven passten ihn am Steg ab.

»Wir müssen mit dir reden, Ake!«, erklärte Solveig.

Er musterte die drei erstaunt. »Wenn ihr mir beim Wasserschleppen helfen wollt – gern!«

»Es geht um dieses Ding hier!«, sagte Solveig und zeigte ihm die Spange, die sie aus dem Pferdetrog genommen hatte.

Ake erstarrte. »Woher habt ihr das?«

»Du solltest nicht abstreiten, dass du diese Spange in den Pferdetrog getan hast, damit die Knechte sie finden«, mischte sich Gunnar ein. »Solveig hat dich gesehen. Und du hast auch das angebliche Beweisstück ins Haus gebracht, das Trygvar in die Hände bekam!«

Ake brauchte nur Sekunden, um sich zu sammeln. »Du willst mich gesehen haben, Solveig?«, höhnte er. »Da steht dein Wort gegen meines.«

Solveig schlug die Zornesröte ins Gesicht. Dennoch gelang es ihr, ruhig zu bleiben. »Aber wem wird mein

Vater eher glauben?«, erwiderte sie kühl. »Schließlich willst du doch hier weiter das Schiffshandwerk lernen.«

»Erstens bin ich fast fertig damit. Und zweitens wird diese Zeit ohnehin bald zu Ende sein, wenn Wulfhir Erikson in die Verbannung geht!«

»Es könnte auch anders kommen«, warf Gunnar ein. »Wir haben den Schatz vom Totenschiff gefunden – und wir wissen, wer hinter allem steckt. Du könntest als treuloser Lügner und Verräter dastehen, wenn nicht Wulfhir, sondern Bjarni Bjarnison in die Verbannung gehen sollte!« Seine Stimme hatte einen schneidenden Klang angenommen.

»Bjarni?«, echote Ake. Er wurde blass.

»Also, jetzt heraus mit der Sprache!«, forderte Gunnar. »Noch haben wir niemandem etwas gesagt, was du getan hast, aber das kann sich schnell ändern …«

Ake seufzte. Er schien mit sich zu kämpfen, was er jetzt tun sollte.

»Gut, wie du willst!«, meinte Solveig und wandte sich bereits zum Gehen.

»Wartet! Einen Augenblick!«, rief Ake. »Halmi hat mir ein paar Spangen gegeben, die ich in Wulfhirs Haus bringen sollte!«

»Und wahrscheinlich trägst du jetzt irgendein magisches Amulett, damit du ihn nicht verrätst«, schloss Gunnar.

Ake schluckte. »Woher weißt du das?«, fragte er und holte tatsächlich ein Amulett unter dem Gewand hervor. Es war allerdings nicht aus einem Stück Walrosszahn wie bei Halmi, sondern schlicht aus Holz.

»Der Schweigezauber scheint ja nicht besonders gut zu funktionieren«, höhne Sven.

»Was wollt ihr eigentlich von mir?«

Gunnar musterte ihn kalt. »Ich verstehe dich nicht! Du wohnst unter Wulfhirs Dach und lernst von ihm ein Handwerk – aber statt dankbar zu sein, schadest du ihm auf so schlimme Weise!«

Akes Miene verfinsterte sich. »Freiwillig hätte ich das nie getan«, murmelte er. »Ich wurde gezwungen!«

»So?«

»Halmi drohte mir, dass auch ich angeklagt werden würde! Es stünden zehn Männer bereit, die jeden Eid schwören, dass ich an dem Diebstahl des Totenschiffs beteiligt gewesen sei! Was hätte ich da tun sollen?«

Eine Pause entstand. Gunnar wechselte einen kurzen Blick mit Solveig und Sven.

»Du musst uns einen Gefallen tun!«, forderte Gunnar schließlich und holte ein kleines Bündel hervor. Die Gürtelschnalle, die er unter dem vom Blitz zerstörten Baum ausgegraben hatte, war darin eingewickelt. Auf dem Leder stand in formvollendeten Runen: DER ZAUBER SCHÜTZT DICH NICHT MEHR! Trygvar hatte die Zeile genauestens nachgesehen. Es durfte kein Fehler darin sein.

»Gib das Bjarni«, verlangte Gunnar.

»Ich habe gar keinen Kontakt zu Bjarni! Der würde durch mich hindurchsehen, dieser arrogante Kerl!«

»Dann bring es Halmi, damit der es an Bjarni weitergibt. Sieh zu, dass das klappt.«

Ake schluckte. »In Ordnung.«

Gunnar fuhr fort: »Sage ihm auch, er soll sich morgen früh, zwei Stunden nach Sonnenaufgang, an der Stelle einfinden, an der Thor den Schatz bewacht. Wenn er nicht pünktlich ist, würdest du vor dem Thing alles berichten, was du weißt. Außerdem soll er einen Beutel mit Gewichtsgeld mitbringen.«

Ake sah sie mit großen verständnislosen Augen an, aber er versprach, sein Möglichstes zu versuchen.

Am Morgen des nächsten Tages brach Bjarni Bjarnison mit einer Schnigge in aller Frühe auf. Das Schiff segelte aus dem Hafen von Haithabu heraus und steuerte zielstrebig die Bucht an, in der das Totenschiff gefunden worden war.

Mit nur wenigen Getreuen ging er an Land, darunter auch Halmi. Sie gingen geradewegs auf die Stelle unter dem vom Blitz zerrissenen Baum zu, wo der Schatz des Toten Jarls vergraben lag.

Ungeduldig blickte Bjarni sich um. An seinem Gürtel hing ein Beutel mit Bruchgeld, wie es von ihm gefordert worden war.

»Ich habe gleich davor gewarnt, diesem Nichtsnutz Ake zu trauen!«, sagte Halmi grimmig. »Wenn du willst, töte ich ihn für dich, Bjarni!«

»Nur, wenn wir sicher sind, dass er keine Mitwisser hat. Ansonsten muss ich ihm wohl oder übel das Gewichtsgeld zahlen. Ich will nicht, dass mein Plan durcheinandergerät. Erst muss Wulfhir Erikson auf dem Thing verurteilt und verbannt werden!« Er blickte sich um. »Ake! Bist du Unglücksbringer hier irgendwo?«

Hinter einem Strauch kam die schlanke Gestalt des Jungen hervor. »Hier bin ich!«, sagte er.

Aber gleichzeitig erhoben sich aus dem hohen Gras noch fast zwei Dutzend weiterer Wikinger. Wulfhir war natürlich darunter, aber auch Trygvar, Gunnar, Solveig und Sven. Sie waren noch in der Nacht aufgebrochen und hatten sich auf die Lauer gelegt. Damit die Schnigge, mit der sie den Weg hinter sich gebracht hatten, nicht gleich auffiel und Bjarni verdächtig vorkam, war Wulfhir mit einer Mannschaft in einer benachbarten Bucht an Land gegangen und hatte einen ziemlich weiten Fußmarsch in Kauf genommen.

Aber der Aufwand hatte sich gelohnt.

Bjarni und Halmi zogen ihre Schwerter. Einige der anderen Männer, die Bjarni begleitet hatten, ebenfalls.

Aber die Übermacht, der sie gegenüberstanden, war einfach zu groß.

Wulfhir hatte nicht nur jeden Mann mitgenommen, von dem er glaubte, dass er im trauen konnte – Trygvar war auch nicht untätig gewesen. Er hatte Zeugen mitgebracht, deren Aussage später von großer Bedeutung sein würde. Darunter auch Sigrid Halldorstochter.

»Du wirst es schwer haben, vor dem Thing zu erklären, wie du wissen kannst, wo jener Ort ist, an dem Thor den Schatz schützt!«, sagte Trygvar.

Er trat vor, bis er den oval geformten Stein erreichte, und drehte ihn mit dem Fuß um. Die Runen wurden sichtbar. »Es sei denn, du hast das hier geschrieben oder schreiben lassen. Denn der Verfasser dieser Zeilen ist zweifellos der Mann gewesen, der das Totenschiff stehlen ließ!«

Bjarni schnappte nach Luft. Er drehte sich um, aber schnell begriff er, dass er eingekreist war.

Gunnar nickte Solveig und Sven zufrieden zu. »Jetzt werden mehr Männer eurem Vater im Thing Glauben schenken«, sagte er etwas lauter, als er eigentlich beabsichtigt hatte.

»Ich freue mich schon auf die Beratung. Diesmal werde ich sicherlich zusehen«, grinste Solveig.

»Und zuhören!«, ergänzte Sven.

Auf Bjarnis Stirn waren Schweißperlen zu sehen. Offenbar begriff er langsam, dass sein Spiel aus war.

»Eines dürfte feststehen«, meinte Gunnar. »Jarl wird Bjarni Bjarnison wohl auf keinen Fall mehr …«

Das Urteil im Thing war schnell gefällt. Schließlich waren alle diejenigen, die Zeuge des Geschehens an dem gespaltenen Baum geworden waren, sofort bereit, notfalls einen Eid darauf abzulegen, dass alles so geschehen war, wie sie berichteten.

Bjarni und seine Anhänger wurden sehr kleinlaut. Viele, die bis dahin die Meinung vertreten hatten, dass er der bessere Jarl sei, rückten nun von ihm ab. Er wurde zur üblichen Strafe verurteilt.

Das war in diesem Fall die Verbannung. Er musste binnen weniger Tage all sein Hab und Gut auf Schiffe verladen und sich auf eine ungewisse Reise machen, während Wulfhir in seinem Amt als Jarl bestätigt wurde.

Zu entsetzt waren die freien Männer Haithabus über Bjarnis Skrupellosigkeit, als dass sie länger mit ihm gesehen werden wollten. Ein Kloster in England oder eine Stadt wie Paris auszuplündern, war in den Augen der Wikinger in Ordnung – aber einem Toten den Grabschatz wegzunehmen, das konnte man nur unverzeihlich nennen.

Später wurde in Wulfhirs Langhaus gefeiert.

Der alte und neue Jarl nahm sein mit Met gefülltes Trinkhorn und hielt eine kleine Ansprache.

»Um ein Haar hätte ich als Verbannter aus Haithabu fortziehen müssen – und nicht Bjarni. Ich bedaure, dass es so weit kommen musste. Aber ganz gewiss nicht zu bedauern bin ich für meinen Sohn Sven und meine Tochter Solveig! Dich will ich dabei keineswegs vergessen, Gunnar – schließlich stammte der Plan, der alles gewendet hat, ja wohl von dir, wie ich gehört habe!«

Ein Raunen ging durch das prall gefüllte Langhaus.

Aber Wulfhir brachte die Anwesenden mit einer Handbewegung zum Schweigen.

»Ich war von Anfang an der Meinung, dass Gunnar unserem Haus Glück bringen wird, da er auf wunderbare Weise ein Schiffsunglück überlebte. Dass die Götter ihm tatsächlich gewogen sind, hat sich nun erwiesen!«

Alle Blicke waren auf Gunnar, Solveig und Sven gerichtet.

»Richtig unangenehm, diese Heldenverehrung«, flüsterte Solveig.

»Er wird sich noch oft genug über mich beklagen, wenn ich erst den zehnten Nagel krumm ins Holz geschlagen habe!«, gab Gunnar leise zurück. »Da genieße ich diesen Moment lieber.«

Wulfhir wandte sich unterdessen Trygvar zu. »Auch dir bin ich zu Dank verpflichtet«, sagte er. »Mag sein, dass in letzter Zeit ein paar Meinungsverschiedenheiten zwischen uns standen, aber das soll jetzt keine Rolle mehr spielen!«

Trygvar nickte ihm zu. »Recht so gesprochen, Wulfhir!«

Er schien Wulfhir nichts nachzutragen, wie auch Wulfhir seinerseits Ake Ingvarson verziehen hatte, dass er sich für Bjarnis Pläne hergegeben hatte. »Verräter im eigenen Haus mag ich eigentlich nicht, Ake!«, wandte sich der Schiffbauer an den Jungen. »Aber der Mut, den du bewiesen hast, als du uns geholfen hast, Bjarni dazu zu bringen, sich selbst zu überführen, hat das ausgetilgt! Und außerdem wäre all die Mühe, die ich dabei hatte, dir das Schiffbauhandwerk beizubringen, umsonst gewesen, wenn ich dich jetzt davonjagen würde! Also kannst du bleiben!«

Ake wurde rot bei diesen Worten.

Wulfhir machte eine Pause, hob das Trinkhorn und nahm einen großen Schluck. »Trinken aber möchte ich auf den alten Jarl Helge, der noch immer in seinem Haus liegt, anstatt es sich in Walhall im Kreis von Odins Helden gut gehen zu lassen. In den nächsten Tagen werden wir seinen Totenschatz bergen und dann soll er endlich seine letzte Fahrt antreten. Auf Jarl Helge!«

Wulfhir hob noch einmal das Horn und trank es halb leer. Das war das Signal für alle, kräftig zuzulangen.

»Morgen werden wir uns von diesem Fest erholen – aber danach werden wir uns wieder dem Schiffbau zuwenden!«, dröhnte er.

Gunnar lächelte. Darauf freute er sich schon.

Lösungen

Seite 18/Kapitel 1

Der gesuchte Mann mit dem Amulett geht hinter der Frau mit dem Kind, links vom Schiffsmast.

Seite 40/Kapitel 2

Das Totenschiff hat keine Ruderplätze, keinen Mast und keine Segel, wohl aber ein Steuerruder.

Seite 50/Kapitel 3

Der Reiter, der an ihnen vorbeigestürmt ist, ist der Mann von der GÖTTERWIND, der gemeinsam mit Gunnar in Haithabu an Land gegangen ist. Man erkennt ihn an seinem auffälligen Amulett.

Seite 56/Kapitel 4

Da der Wind stark von Westen weht und Wulfhir davon ausgeht, dass die Diebe des Totenschiffs die Macht der Strömung genutzt haben, können sie die Verstecke 1 und 5 westlich von Haithabu außer Acht lassen.

Seite 66/Kapitel 5

Wer auch immer die Zeichen auf die Schiffswand geschrieben hat, scheint den alten Jarl ebenso wenig zu mögen wie den neuen. Die Schriftzeichen bedeuten: Fluch über den alten und den neuen Jarl!

Seite 89/Kapitel 6

Die Spange ist kein Teil des Totenschatzes.

Seite 94/Kapitel 7

Die Spange lag rechts im Bild auf dem Boden im Stroh.

Seite 101/Kapitel 8

Gunnar hat den Mann mit dem Amulett wiedererkannt. Er will gerade hinter dem Haus oben rechts im Bild verschwinden.

Seite 117/Kapitel 9

Der Verfasser der Zeilen hat SCHWEIN statt SCHWEIG geschrieben. Richtig sollte der Spruch gewiss »Schweig oder du stirbst« lauten.

Seite 129/Kapitel 10

Solveig muss mit ansehen, wie Ake gerade eine Spange in dem Trog versteckt. Er ist leicht an seinem geflickten Wams wiederzuerkennen.

Seite 132/Kapitel 11

Gunnar und Sven vermuten den Schatz bei dem vom Blitz gespaltenen toten Baum, denn Thor, den Bjarni zu seinem Schutzgott erkoren hat, war ja für Blitz und Donner zuständig.

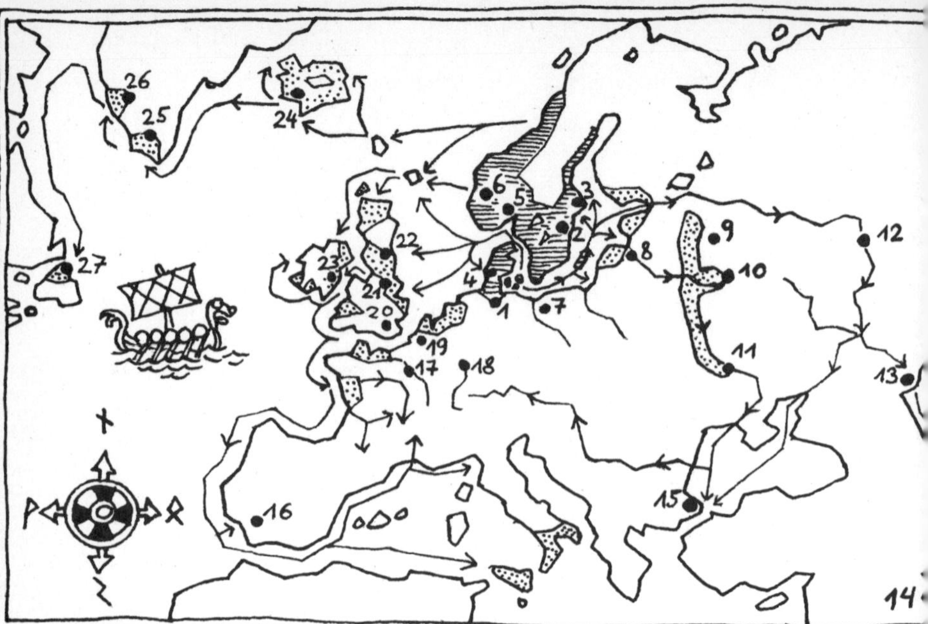

Kernland der Wikinger

Siedlungsgebiet der Wikinger

Städte und Niederlassungen

Entdeckungs- und Handelsfahrten

1 Haithabu
2 Birka
3 Uppsala
4 Ribe
5 Kaupang
6 Bergen
7 Wollin
8 Riga
9 Nowgorod
10 Gnezdovo
11 Kiew
12 Bulgar
13 Itil
14 Bagdad
15 Byzanz
16 Sevilla
17 Paris
18 Mainz
19 Dorestad
20 London
21 York
22 Lindisfarne
23 Dublin
24 Reykjavik
25 Brattahlid
25 Godhåb
25 L'Anse aux Meadows

Wissenswertes über die Wikinger

DIE SCHIFFE

Die Wikinger konnten mit ihren Schiffen auf hoher See navigieren und gegen den Wind kreuzen. Flüsse ruderten sie stromaufwärts. Notfalls transportierten sie ein Schiff auch kilometerweit über Land, indem sie Rundhölzer unterlegten. Die Kriegsschiffe mit bis zu hundert Mann Besatzung waren schmal (Schnigge, Skaid, Draken), die Transportschiffe (Knorr) sehr viel breiter. In ihnen transportierten die Wikinger nicht nur ihre Frauen und Kinder, sondern auch zahlreiche Haustiere, wenn sie sich irgendwo ansiedeln wollten.

Die Drachenköpfe am Bug sollten Feinde einschüchtern. Man verwendete nicht nur Drachenköpfe, sondern auch Darstellungen von Schlangen- und Wolfsköpfen.

DIE RUNENSCHRIFT

Das Wort »Rune« bedeutet so viel wie Geheimnis. Man benutzte sie vor allem für magische Zwecke und versuchte, mit in Runen gefassten Zaubersprüchen das Wetter, die Saat, das Kriegsglück, die Liebe oder die Gesundheit zu beeinflussen. Auf Runensteinen erinnerten eingeritzte Texte an die Taten verstorbener Helden. Im

Alltagsleben ritzte man Runen in Holzstäbe, um Mitteilungen zu überbringen. Die mussten natürlich kurz sein (ähnlich wie heute eine SMS) und enthielten Kaufverträge, Botschaften im Krieg, Liebesbriefe oder sogar königliche Verordnungen. Man konnte von links nach rechts oder von rechts nach links schreiben. Manchmal wechselte die Schreibrichtung nach jeder Zeile.

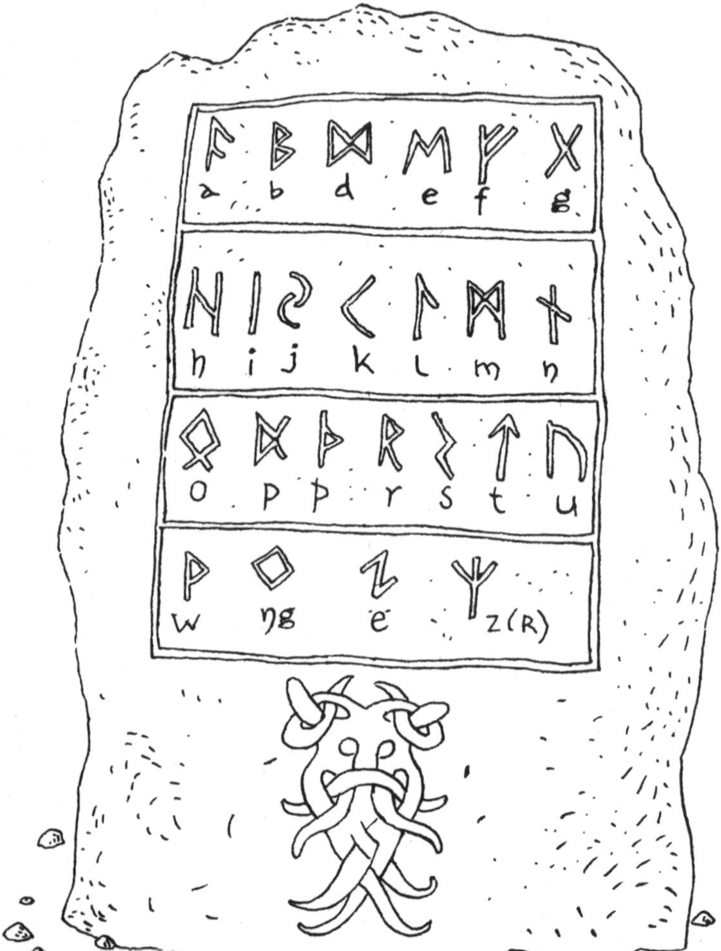

DIE GÖTTER

Der ranghöchste Gott der Wikinger war der einäugige *Odin*. Er opferte sein Auge, um vollkommene Weisheit zu erlangen, und entdeckte die Runen. Am Strand fand er zwei Bäume und erweckte sie zum Leben – der eine wurde ein Mann, der andere eine Frau. So erschuf er die Menschen.

Odins Sohn war *Thor*. Er fuhr mit einem von Ziegenböcken gezogenen Wagen über den Himmel. Unter den Rädern entstanden die Blitze und der Donner. Sein Hammer *Mjöllnir* traf immer und kehrte in seine Hand zurück, wenn er ihn geworfen hatte.

Der Gott *Njörd* beherrschte das Meer und den Wind.

Sein Sohn *Freyr* und seine Tochter *Freyja* waren die Götter der Fruchtbarkeit.

Der Kriegsgott *Tyr* trug eine Lanze, die aber gleichzeitig das Zeichen seines Richteramtes war. Er schützte das Recht, das im Thing gesprochen wurde.

RECHT UND RECHTSPRECHUNG

Recht wurde im Thing gesprochen, der Versammlung aller erwachsenen, freien und waffenfähigen Männer. Da es keine Gefängnisse gab, konnten nur drei mögliche Strafen verhängt werden: die Ächtung (nach der jeder den Betreffenden straflos töten durfte), die Verbannung oder die Vermögensstrafe, bei der ein Verurteilter den Schaden in Geld oder Gegenständen ersetzen musste.

Konnte ein schlimmes Verbrechen (etwa ein Mord) nicht aufgeklärt werden, wurde der mutmaßliche Täter verflucht. Er wusste von nun an, dass jedes Unglück, das ihm zustieß, durch seine schlimme Tat bedingt war und er der Gerechtigkeit nicht entfliehen konnte.

DIE GESELLSCHAFT

Die freien Männer bildeten das Thing und trafen die Entscheidungen. Den Anführer einer mächtigen und reichen Sippe nannte man Jarl. Es konnte sich um einen sehr vermögenden Wikinger handeln oder um jemanden, der aufgrund seiner Fähigkeiten von den freien Männern gewählt worden war. Unter den Jarls wurden manchmal Oberhäuptlinge oder Könige gewählt. Im Laufe der Zeit wurden aus den Jarls Amtsträger, die die Macht des Königs vertraten. Die Frauen der freien Männer wurden als Hausherrinnen hoch geachtet und verwalteten die Höfe, wenn ihre Männer auf See waren. Den Freien untergeordnet waren die Besitzlosen. Sie waren Knechte oder Mägde. Manche wurden auch von Handwerkern beschäftigt. Sie gehörten zum Haushalt des jeweiligen Freien, in dessen Dienst sie standen. Auf der untersten Stufe standen die Sklaven. Oft handelte es sich um Gefangene, die auf Kriegszügen erbeutet und mitgenommen worden waren.

DER SIEDLUNGSRAUM DER WIKINGER

Ursprünglich siedelten die Wikinger in Norwegen, Schweden und Dänemark. Ihre Entdeckungs- und Eroberungsfahrten führten sie bis nach Island und Grönland, wo sie Siedlungen errichteten. Einige erreichten sogar Nordamerika. In Frankreich bekamen Wikinger (hier nannte man sie Normannen) die Normandie als Lehen und gründeten einen als vorbildlich geltenden Staat. Später eroberten sie von hier aus England.

Die Normannen drangen bis ans Mittelmeer vor und gründeten auch in Sizilien einen Staat. Im Osten ruderten die Wikinger (man nannte sie hier auch Waräger) die Flüsse entlang und gründeten Niederlassungen von Nowgorod über Kiew bis zum Schwarzen Meer. Man nannte sie Rus, das bedeutet »Ruderer«. Daher kommt wahrscheinlich der Name Russland.

Wikinger trieben bis Byzanz (heute Istanbul) und Bagdad Handel, wie zahlreiche Münzfunde beweisen.

Inhalt